Alla mia mamma...

L'opera è frutto della fantasia dell'autore.
Qualsiasi riferimento a persone esistenti o esistite o a fatti verificatisi è puramente casuale e non voluto.
I luoghi citati servono solamente per conferire veridicità alla vicenda narrata.

Via Salvo d'Acquisto, 2 - 21100 Varese (VA)
Cell. 3385337641
E-mail: macchione.pietro@alice.it
Sito: www.macchionepietroeditore.it

ISBN 978-88-6570-789-0

Fabrizio Bini

Il filosofo del lago

Omicidio sul Ceresio

Collana I Gialli

MACCHIONE

Premessa, breve ma necessaria

Alcuni personaggi di questo romanzo sono tratteggiati nei miei precedenti libri "Matematica di un delitto" e "La stele dell'Isola dei Pescatori".
Per chi non li avesse letti, o semplicemente per chi non li ricordasse, ecco un breve riepilogo.

Andrea Stili: avvocato, scapigliato ma di talento, amante delle cose semplici, confusionario ma dotato di innato intuito e di dialettica pervicace che l'aiuta nel lavoro.
Geremia Noè detto Ciccio: investigatore privato amico di Andrea Stili, dal passato tormentato dall'uccisione della prima moglie. Ha una mente dotata di logica matematica, ma sconta un passato fatto di dipendenza dall'alcool. Pare aver trovato una stabilità con Martina, la nuova moglie.
Matteo Ranzi: poliziotto "romano de Roma" amico di Andrea e di Geremia, finto fannullone che attende la pensione, in realtà investigatore appassionato e dedito al lavoro.

Capitolo 1

Erano le sette del mattino, e Luca si stava stiracchiando nel letto. Non c'era stata alcuna necessità di puntare l'odiosa sveglia per destarsi a quell'ora, benché fosse domenica.
Luca dedicava la sua domenica mattina all'attività sportiva, e da buon abitudinario qual era s'era dato appuntamento, giù al lago, con l'amico di sempre per il solito lungo giro in bici.
Destatosi, si accingeva ad alzarsi, in tutta calma.
Un occhio al cellulare, colazione abbondante: cereali, biscotti e miele di manuka. Poi pantaloncini da bici e maglietta. Un controllo alla pressione delle gomme del fidato ferro ed era pronto a partire.
L'appuntamento era sempre al solito posto: un anfratto della strada che corre lungo il lago di Lugano, un piccolo "balcone" che naturalmente volgeva verso lo specchio d'acqua, e che qualche buonanima aveva avuto cura di piastrellare con delle lastre di marmo onde abbellirlo e renderlo più accessibile.
Mentre si recava al punto d'incontro Luca sentì vibrare il cellulare che aveva accuratamente riposto nella tasca posteriore della sua maglia da bici.
Un messaggio, a quell'ora di domenica era alquanto inusuale, talché Luca decise di fermarsi per vedere di che cosa si trattasse.

Era un messaggio di Marco, l'amico ciclista: "Ho forato mentre stavo venendo lì, avrò una decina di minuti di ritardo".
"Ormai son di strada," pensò Luca, "andrò giù lentamente e poi lo aspetterò".
Era la fine dell'estate, non era freddo, ma l'aria sapeva già di autunno. Giunto in loco si guardò intorno: una lieve nebbiolina poggiava sull'acqua cheta del Ceresio, di fronte Morcote con la sua Chiesa la cui guglia svettava, chiaramente sproporzionata per dimensioni rispetto al contorno.
A destra Porto Ceresio, a sinistra il promontorio di Brusimpiano con l'invaso che nascondeva Lavena Ponte Tresa agli occhi, in quel punto. Più in alto a dritta il monte Orsa, con in cima le sue antiestetiche antenne, a fianco il Pravello, il San Giorgio, e, più dietro, il Monte Generoso che da tergo, dall'alto dei suoi 1704 metri, pareva coprire e proteggere i fratelli minori dinnanzi a lui.
Di tanto in tanto, un'auto di passaggio a rompere il silenzio della strada, a quell'ora di mattina, di domenica, e qualche ciclista ancor più mattiniero. Una piccola barca con un solo pescatore solcava pigra il centro delle acque, il cielo terso come solo in quella stagione poteva essere.
Guardandosi intorno, Luca pensò che l'attesa poteva esser foriera di qualche bella foto, magari in bianco e nero - si disse - essendovi una luce favorevole.

Si scostò dal ciglio della strada, appoggiò la bici al muro nel modo che gli aveva insegnato il suo allenatore quando correva da giovane e che da allora lo perseguitava come la peggiore delle abitudini: buone, ma scomode.

Si voltò verso il lago e si avvicinò col l'iPhone di ultima generazione all'acqua che stava poco più di un metro sotto lui, più in basso rispetto al balcone naturale che si era creato.

Puntò l'obiettivo verso il promontorio Svizzero di Morcote. La foto gli sembrò sin troppo ovvia, tant'è che non la fece. Scostò l'occhio dal dispositivo ed abbassò lo sguardo.

Vide l'inaspettato.

Sotto di lui un corpo di un uomo, evidentemente morto, giaceva supino, con la gamba destra piegata all'indietro ed il resto ben disteso a metà tra acqua e riva. Indossava una camicia rossa, aperta sino a metà del petto; le braccia erano innaturalmente poggiate sul ventre, quasi che qualcuno l'avesse messo così.

Il volto era di un anziano, con pochi capelli quasi "pettinati" all'indietro.

Il colore era quello della morte.

Sorpreso da quanto vedeva e del tutto incredulo fece un salto all'indietro e, complici le tacchette delle scarpe da bici che indossava, quasi cadde.

Il cardiofrequenzimetro che portava al polso iniziò a suonare, benché Luca fosse ancora fermo, segno ineludibile che, per il cuore, uno spavento è peggio del passo del Mortirolo.

Tremolante prese in mano il telefono e digitò a fatica il 112.

“Pronto, Carabinieri? Ho trovato un cadavere...”.

Capitolo 2

Era un periodo di "stanca" per l'avvocato Andrea Stili. Uno di quei periodi in cui hai solo la "routine" del lavoro da gestire e niente altro di stimolante.
Vagava così in quei giorni, tra il bar del paese, l'ufficio ed il tribunale, cercando di stare il minor tempo possibile in quest'ultimo luogo, a sufficienza nel secondo e più che riusciva nel primo.
Anche i fine settimana erano di una noia mortale in quel periodo di fine estate, che lì al nord, zona Lago Maggiore, raccontava già dei colori autunnali.
Era insomma invaso da una certa "malinconoia".
La sua vita privata non aveva nulla di nuovo da rilevare. Certo le donne non mancavano a uno scapigliato, disordinato quanto affascinante avvocato come lui, ma forse - si diceva lui sottovoce - era arrivato il momento di mettere la testa a posto. O forse cercava quello che aveva tanto agognato, ma che sin allora non aveva intravisto.
Eppure esisteva!
Aveva notato Geremia e Martina. Aveva seguito il loro rapporto e ne era quindi certo: l'amore esisteva, solo che a lui non era dato di coglierlo.
Forse era troppo distratto dalla sua vita lavorativa, forse un certo egocentrismo caratterizzava il suo carattere e si rendeva incompatibile con la condivi-

sione vera, quella della vita, con un'altra persona. Oppure non coglieva la motivazione, perché a lui, quell'amore, così profondo, quella condivisione di vita, non era data, insomma non gli era mai capitata. Proprio in linea con questo periodo malinconico che correva di pari passo con l'imminente stagione autunnale, anzi forse per vincere questa "apatia" che caratterizzava il suo momento, quella domenica Andrea aveva deciso di accettare l'invito di un amico elvetico conosciuto in un torneo di tennis, anni prima, a Lugano. Giorgio difatti l'aveva invitato per una grigliata di fine estate nella sua casa a Cuasso al Lago, ridente frazione che sta appena sopra il Ceresio e dalla quale, in alcuni angoli, si dipana una vista che acquieta anche gli animi più ribelli.
"Vieni, che c'è bella gente e ti distrai un pochino", erano state le parole di Giorgio.
"Perché no", era stato il suo pensiero ed il conseguente verbo.
Non che amasse molto questi consessi, generalmente fatti di narcisi - intesi non come fiori - che coglievano ogni spunto della giornata per esaltare le proprie doti, vere o presunte che fossero, o le epiche avventure di una vita in realtà piatta. Ma in quel momento, in quel periodo, gli andava. E andò.
Si svegliò di buon'ora. Davanti allo specchio constatò che il suo stato esteriore corrispondeva a quello interiore: scialbo!

Si prese di buzzo buono, pensando che una rasata ed una pettinata se la danno anche i pastori bergamaschi - intesi come razza canina - ogni tanto, per cui cercò di darsi una sistemata. Jeans e maglietta sportiva, un paio di tennis e via.
Diede uno sguardo alla Mini rossa prima di salirci ed ebbe contezza che la macchina viaggiasse in linea col suo umore del periodo, ma fece finta di niente e vi salì.
Non v'era dubbio sulla strada da fare per cui arrivò all'imbarcadero di Intra e salì sul natante inaspettatamente semi-vuoto. Pochi minuti e fu a Laveno Mombello, scese e prese a sinistra la strada che conduce attraverso ameni paesini sino all'abitato di Luino.
Quella costa di lago, avversa alla sua, lo stupiva sempre. Mentre infatti la parte piemontese era caratterizzata ad ogni cavità dalla presenza dei turisti, quella lombarda era rimasta brulla, al naturale, ed anche in quella tarda estate si notava poco la presenta dei vacanzieri.
Giunto a Luino si gustò il lungolago e virò a destra percorrendo a ritroso il Tresa sino a giungere a Lavena Ponte Tresa al cospetto di un altro lago: il Ceresio.
Si fermò a bere un caffè al bar Johnny, memore dell'investigazione ivi svolta nel caso Molveno (Ndr: Matematica di un delitto).
Riprese l'auto e proseguì. La Mini viaggiava fissa ai 50 all'ora, il finestrino abbassato, il braccio sinistro fuori. Era prestissimo ed era ormai quasi arrivato, ma

aveva promesso a Giorgio un aiuto almeno agli atti preliminari alla grigliata.
Si gustava quell'arietta unica dovuta alla stagione ed al luogo, che crea in gola quello strano pizzicore che sa già di inverno ma non abbandona l'estate.
"Solo chi abita qui può capire", pensò.
Era ormai al punto di svolta dove la strada del lungolago viene lasciata in favore di quella che sale con decisione verso Cuasso al Lago, e verso la sua grigliata.
In lontananza vide la sagoma di un uomo. Alzò gli occhiali da sole sulla fronte ed aguzzò lo sguardo: era indubitabilmente un uomo, che a lato strada si sbracciava. Accelerò, e mano a mano che si avvicinava gli si chiariva la figura di un ciclista che agitava le braccia in evidente segno di richiamo.
Immediatamente il pensiero andò a un collega del ciclista che poteva esser caduto o essersi sentito male, e sentì il dovere civico di fermarsi.
"Buongiorno, grazie di essersi fermato", disse l'uomo.
"Che succede?" replicò Andrea, scendendo dall'auto.
"Ho trovato un cadavere".
"Un cadavere? Ne è sicuro?"
"Guardi lei stesso".

Capitolo 3

Alfredo Tripi tagliava già di buon'ora i rami sporgenti della sua siepe in una mattina di inizio autunno. Più che "sua" la siepe era quella della caserma ove il luogotenente Tripi Alfredo prestava servizio.
Nato da umile famiglia Calabrese aveva ampiamente riscattato un'infanzia faticosa, vissuta in un malfamato quartiere di Reggio Calabria, con la carriera militare: già a 16 anni aveva fatto domanda per entrare nell'esercito dove s'era arruolato. Tanta era la sua voglia di fuggire da casa che aveva abbracciato con entusiasmo ogni cosa che l'esercito gli avesse proposto.
Così alla fine l'arma era diventata la sua famiglia, il suo lavoro, la sua passione e la sua vita. Aveva finito con un paio di missioni all'estero, tornando con una collezione di medaglie cui tuttavia dava scarsa importanza.
All'età di vent'anni aveva sfruttato la possibilità di passare dall'esercito ai Carabinieri. Non ci aveva messo molto a scegliere, perché il pensiero era andato alla possibilità di aiutare di più e meglio le persone, svolgendo le sue funzioni in mezzo alla gente piuttosto che in remoti luoghi di guerra.
Aveva ormai 57 anni e i suoi pensieri anelavano la pensione, anche se ciò non influiva sui suoi doveri.
Con un'improbabile forbicione tagliava i rami ampiamente fuoriuscenti dalla cancellata della caserma

in cui abitava con la famiglia. Pantaloncini e maglietta, si godeva il dolce tepore di inizio autunno con la mente spenta dopo una settimana di intenso lavoro. Sperava di passare la sua domenica annoiandosi così; poi un bel pranzetto, un pisolino, magari una passeggiata. Il profumo di ragù che fuoriusciva dalla finestra della cucina dava implicita conferma alle sue aspirazioni.
Ma mai tal speranza fu mal riposta.
"Alfredo, maresciallo. Scusi, tenente Tripi..."
Correva verso lui un brigadiere, con l'aspetto di chi deve comunicare la fine del mondo.
"Brigadiere, che c'è?"
"Hanno trovato un morto, qui vicino, lungo la provinciale. Lì, sotto Cuasso al Lago".
L'uomo mollò a terra le cesoie non senza pronunciare mentalmente un "porca puttana". Corse a mettersi la mimetica, prese la Panda di servizio e si recò in loco.

Capitolo 4

In poco più di qualche minuto, quel lembo di terra che deviava dal corso naturale della strada, formando verso il lago una specie di triangolo, s'era affollato di gente.
Ci stava Luca, che aveva visto per primo il corpo esanime, Marco, l'amico ciclista che nel frattempo era sopraggiunto, Andrea Stili e il luogotenente Tripi con il brigadiere. Ed erano velocemente arrivati anche un'ambulanza con medico a bordo e gli uomini della scientifica, allertati tempestivamente dal Tripi.
Appena arrivato in loco ed alla presenza del solo ciclista che aveva chiesto aiuto, Andrea si era avvicinato al bordo dell'anfratto ed aveva guardato verso il basso.
Sceso dall'auto aveva messo le quattro frecce; la portiera era solo accostata, pochi passi; alla sua sinistra il cancello di un'abitazione, poco distante, più a destra, il paracarro delimitante la strada.
Le sneakers di Andrea Stili camminarono verso il lago, erano pochi passi. I piedi lasciarono l'asfalto e si posarono sulla lastra marmorea che copriva l'angolo prospicente l'invaso.
L'acqua aveva uno strano colore quel mattino: pareva più nera del normale, quasi si fosse vestita a lutto ad onorare quello strano ospite, sconosciuto, ma pur sempre un umano, che tra le sue braccia fluide aveva

trovato la morte. Sullo sfondo la chiesa di Morcote suonava rintocchi lenti. Qualche uccello, guarda caso nero, solcava radente le acque del Ceresio.
In questo quadro spettrale, ancora silente, Andrea aveva guardato giù.
Non era certo il primo cadavere che vedeva, ma forse era il primo in quelle condizioni inumane.
La morte porta con sé una certa dignità al corpo umano, che non a caso viene composto e vestito in maniera elegante per presentarsi agli astanti nel suo ultimo saluto, al suo meglio. Qualcuno usa addirittura truccare la salma, onde farla apparire gradevole o forse solo meno distante. Sempre che un cadavere possa aspirare alla gradevolezza.
Quel corpo non aveva nulla di ciò. Semplicemente lì stava. Bagnato dalle lievi onde del lago che andavano e venivano in un ritmo costante, neppur mutato da alito di vento o da imbarcazioni in zona. Riverso sulla schiena appena lambita dal crescere dell'onda, aveva un viso così "vivo".
Paradossalmente vivo!
La morte aveva portato via con sé l'anima di quest'uomo, ma quel volto trasmise ad Andrea una strana sensazione, nuova, di certo mai sentita prima, come se in quel caso la dipartita avesse concesso all'uomo un ultimo disperato messaggio di vita da poter inoltrare a chi l'avesse guardato, inanime ed inerme, su quel bordo del lago.

Andrea era immobile, in preda - o forse vittima - di quella sensazione.
Lo prese come un'illuminazione, tanto che non si avvide dell'arrivo di tutti quelli che in tali circostanze celermente attorniano il "locus criminis", o meglio quello che all'apparenza sembrava essere il luogo in cui quell'uomo aveva trovato la morte.
Andrea fu preso da tergo ad un braccio da un uomo, probabilmente il medico legale, che vestito integralmente con una tuta bianca, con addosso la mascherina chirurgica e gli occhiali lo scostava.
"Prego, faccia passare".
Il sanitario si avvicinò al corpo, e dopo averlo osservato, non senza fatica, lo girò, prima su un fianco e poi riverso nel senso contrario a quello in cui lo aveva trovato.
Sulla schiena Andrea, poco distante, aveva immediatamente notato delle ferite, verosimilmente da coltello.
Seguirono gli accertamenti del caso, che l'avvocato Stili non poté seguire, poiché venne allontanato dai tecnici presenti.

Capitolo 5

Andrea aveva ripreso la sua strada, ed era andato alla festa che Giorgio aveva organizzato e a cui era stato invitato.
Già prima della scoperta la sua voglia era limitata, ma ora s'era dovuto davvero sforzare per andare a quella festa che tanto contrastava con quello che aveva appena visto. Aveva fatto solo un accenno all'amico dell'accaduto, e cercava di comportarsi normalmente e in modo confacente al simposio che lo intratteneva.
In fondo - si diceva - è domenica, sono ad un party e ci sono venuto per svagarmi. In fondo - si mentiva - non posso far nulla per quell'uomo, se ne occuperà chi di dovere.
Il suo lato razionale lo tratteneva su questi pensieri e sulla congrega di amici che aspiravano - come in fondo anche lui - ad una giornata spensierata. Ma una voce profonda già domandava ad Andrea: "Chi era quell'uomo"?
Passò la giornata con stati d'animo contrastanti. La sua mente era presente, come il suo corpo: a volte un sorriso di circostanza gli si stampava in viso, e la cordialità era agevolata da qualche bicchiere di vino. La sua anima irrazionale era invece davanti a quella immagine, contrastante con ciò che stava vivendo.

In realtà Andrea non se ne era mai andato da quel luogo, e aveva quel volto e quel corpo davanti ai suoi occhi.

Capitolo 6

Pareva un lunedì mattina come un altro all'avvocato Andrea Stili, ma già dalla sveglia - o meglio dal suo naturale risveglio dopo le poche ore di sonno - capì che così non era.
Aveva cercato svago in quella - alla fine - piacevole grigliata domenicale sul fianco del lago Ceresio. Era tornato a casa la sera tranquillo, passando da "quel" lago al "suo" lago, fingendo che non fosse accaduto nulla. Una volta a casa aveva cercato distrazione nello sport alla tv prima, e in un libro che faticava a finire poi. S'era infine concesso per breve tempo a morfeo. Una volta sveglio, attese le quotidiane funzioni, s'era vestito, aveva preso lo zaino e s'era incamminato verso il tribunale al solito bagatellare processo.
Fingeva a sé stesso di essere preoccupato perché avrebbe avuto innanzi un giudice nuovo, ma l'imputazione diceva minacce e percosse e quella finta preoccupazione durò assai poco. Insomma, cercava di dar peso ad alcune sensazioni perché ne sopprimessero un'altra che, più forte e costante, cercava di farsi largo per raggiungere il lato consapevole dell'avvocato Stili.
E alla fine ci riuscì, la sensazione.
Ne scaturì una domanda: chi era quell'uomo? Per quale motivo Andrea s'era soffermato a guardarlo in quella maniera, e che cosa voleva da lui un cadavere?

Mentre si poneva queste domande si trovava anche parecchio stupito: “Pensare che sto correndo dietro alla domanda che mi ha fatto un morto, devo essermi rincoglionito”.
Ma come è noto, l’io profondo è immensamente più forte e meno governabile dell’io razionale, e alla fine si arrese.
Chiuse sul desktop il file a cui stava stancamente lavorando, e aprì Google: “morto sul lago Ceresio”.
Uscirono diversi link, tutti più o meno simili, da cui trasse una sintesi: l’uomo si chiamava Alberto Montini, aveva 66 anni ed era noto con il soprannome di “Biffo”. I giornali lo definivano come un brutto ceffo da sempre dedito al contrabbando, prima delle sigarette poi delle sostanze più strane, con molti precedenti penali alle spalle.
Il Biffo era stato ucciso da tre coltellate inferte alla schiena e poi gettato nel lago. Un giornale si spingeva ad una ricostruzione più minuziosa, e scriveva che, date le correnti del lago di Lugano, era verosimile pensare che l’omicidio fosse accaduto nello stretto di Lavena Ponte Tresa, poiché le correnti viaggerebbero in senso antiorario e questo consentirebbe di far collimare il luogo del ritrovamento del corpo con quello, almeno presumibile, del delitto.
Insomma, si disse Andrea Stili dopo questa fugace ricerca, il solito regolamento di conti, nulla di interessante, la solita vita piatta di un delinquente da

poco, forse pure finito come meritava.
Si vergognò un pochino di quest'ultimo pensiero, ma mise a tacere il disagio. Questione chiusa, diceva il suo lato razionale, e si rimise a lavorare.
Ma non riusciva.
Davanti a sé quel volto, quell'immagine, quella sensazione, e soprattutto quella domanda: chi era quell'uomo?
Non che nome avesse, non che cosa avesse fatto nella vita: questo forse, con tutti i limiti del caso, Andrea lo sapeva. La vera domanda era che cosa volesse da lui, perché la sensazione era esattamente questa, ovvero quella di quando un cliente ti firma il mandato difensivo, una sorta di silente invocazione di aiuto o chi sa che altro.
"Sto letteralmente diventando pazzo", pensò. "Non è possibile che lavori per un morto, e poi perché? Per che cosa? A che fine?"
Si alzò, e con uno strano incedere si avvicinò alla finestra: aveva bisogno di aria.
Aprì e respirò profondamente. Si conosceva a sufficienza per capire che solo la soluzione del caso "Biffo" l'avrebbe riportato al suo stato di normale apatia.
Pensò di essere drogato di dopamina, la sostanza che il corpo naturalmente produce nei momenti di stress e che alla fine ricerca quando ha una vita più cheta.
Capì che doveva andare a fondo di quella vicenda.
Non sapeva il motivo ed anzi motivo razionale non

v'era, ma quella era per lui una certezza: doveva saperne di più!
Dove questa sua "sete" si sarebbe fermata non lo immaginava neanche lontanamente, ma doveva andare verso quel richiamo.
Tornò a sedere e prese il telefono. Digitò il tasto centrale e dettò: "Siri, chiamami Ciccio".

Capitolo 7

All'altro capo del filo rispose Geremia Noè, in arte il Ciccio, investigatore capace, ma soprattutto di fiducia, dell'avvocato Andrea Stili. Il sottofondo della telefonata era dato dal piagnucolare insistente di un neonato e dalle coccole di una mamma in tutta evidenza intenta a cullarlo. Andrea pensava alla stranezza della vita: sino a qualche tempo prima, se avesse chiamato Geremia l'avrebbe trovato sbronzo ed il sottofondo sarebbe stato quello di una osteria di borgata. Ora invece...
Non tentennò molto in quel pensiero e aggredì subito il problema.
"Ciao, Geremia. Ho bisogno che ti occupi di un caso. Ti dico subito che è una questione personale, non c'è un cliente. Anzi, diciamo che in questo caso il cliente sono io".
"Ma sei nei guai?" replicò Geremia.
"No, tranquillo. È una questione mia che devo approfondire: a dire il vero non so bene neanche io la ragione, ma devo farlo, per cui ti prego di metterti quanto prima al lavoro".
"Di che si tratta?"
Andrea riassunse a Geremia gli accadimenti, ed al termine della concisa ricostruzione diede un mandato chiaro: "Voglio sapere chi era Alberto Montini".
"Ok, provvedo", fu la risposta del Ciccio.

Capitolo 8

Investigare su una persona è come costruire una piramide partendo dall'alto.
Il primo indizio, la prima cosa che conosci, costituisce la cuspide, da cui occorre partire a ritroso per ottenere una serie di informazioni sempre più ampie, sempre più approfondite, sino ad arrivare alla base.
Ciò fatto si conosce la forma esterna della piramide, se ne vede il profilo, se ne percepisce l'impatto al mondo, la maestosità, ma non il contenuto. All'interno delle piramidi, infatti, vi sono una serie di cavità, di anfratti che portano a stanze più o meno segrete, dove vengono custoditi i veri tesori del monumento.
Altrettanto vale per le persone. In un tempo "social" non era difficile per un investigatore esperto come Geremia Noè ricostruire "l'immagine", l'impatto sociale del sig. Alberto Montini. Era invece difficoltoso, come sempre, sapere chi fosse in realtà costui.
Geremia non si scoraggiò e partì da ciò che aveva, ovvero un nome ed un cognome.
Aprì semplicemente Google, e digitò "Alberto Montini". Scartate le prime due pagine che riportavano la notizia dell'omicidio del "Biffo" additandolo genericamente come "uno dei più noti malfattori della zona", le pagine successive riportavano soggetti con lo stesso nome e cognome, ma che nulla avevano a

che fare con il nostro.
Un dentista, un ingegnere edile, persino un archeologo, ma nulla di che sul nostro Alberto Montini-Biffo, di cui più scorrevano le pagine meno si aveva traccia. Di sicuro il soggetto non era iscritto ai vari "social" e conduceva una vita piuttosto riservata.
Geremia scorse molte pagine senza rinvenire nulla di significativo, se non una notizia che, per l'età del soggetto ed il luogo riportato, poteva essere riferita al nostro uomo, ma che risultava essere del tutto in contrasto con la logica del personaggio. Il titolo del giornale era difatti: "Filantropo varesino si aggiudica all'asta il Tractatus di Spinoza, manoscritto dall'autore".
Per mera curiosità, Geremia aprì la notizia, che riportava di un'asta avvenuta qualche anno prima ad Amsterdam. Gli eredi - o presunti tali - del filosofo Baruch Spinoza avevano messo all'incanto uno dei libri più noti del loro illustre avo, intitolato "Tractatus Theologico-Politicus", manoscritto dal medesimo autore, all'esorbitante prezzo di cinquecentomila euro. Ad aggiudicarsi il cimelio era risultato appunto tal Alberto Montini di Lavena Ponte Tresa.
Letta la notizia, Geremia aprì il sito web del comune di Lavena Ponte Tresa, che riferiva sul numero di residenti della bella località: 5414. Pensò che da un lato fosse una strana coincidenza che un "noto delinquente" comperasse quel libro a quel prezzo, ma che altrettanto strano risultava che in un piccolo comune

del varesotto vi fossero due persone con lo stesso nome e cognome.
La cosa iniziava ad intrigarlo, e decise di fare il passo numero due, ovvero di varcare il lago passando dalla ricerca totalmente virtuale a quella totalmente reale.
Prima di salire in auto, tuttavia, imbastì un programma di lavoro, appuntandosi delle note sul taccuino:
chiamare Matteo Ranzi per precedenti penali e indagini;
chiamare parroco Lavena Ponte Tresa e maresciallo stazione carabinieri per informativa;
fare indagine sui conti correnti bancari, fondi o buoni postali;
informare Stili stato indagini.
Si rese, tuttavia, immediatamente conto che l'ultimo appunto era il più importante, e fece quindi una freccia che riportava l'informativa all'avvocato Stili al primo punto del suo ordine del giorno.

Capitolo 9

Andrea Stili vagava per la sua stanza d'ufficio in guisa d'un animale in gabbia. Aveva appena preso quella che lui definiva una "scoppola", ovvero una condanna di tre anni per una rapina a mano armata in un processo con rito abbreviato.
Non si dava pace per l'esito.
Si trattava alla fine di un tizio mezzo pazzo che era sceso da casa con un cacciavite in mano a rapinare la pasticceria che stata di fronte alla sua abitazione. La condanna, in quella entità, era del tutto impropria per Andrea.
Di solito si consolava pensando che "il mondo non si ferma a Verbania", nel senso che una condanna ingiusta di primo grado era spesso modificata in appello, ma quel giorno la sua frase consolatoria non funzionava. Era mosso da un'irrequietezza di fondo che non gli lasciava fiato.
Si sedette, e iniziò a meditare sulla reale fonte di quel disagio che non era certo rinvenibile in un fatto rutinario quale una condanna iniqua di primo grado. La trovò con facilità d'animo inusitata nel fatto che lo tormentava dal momento in cui aveva visto il corpo di Alberto Montini in quell'ansa di lago.
Senza pensare oltre, prese il cellulare in mano e digitò la chiamata verso Matteo Ranzi.

Non fece in tempo a fare tre squilli che all'altro capo rispose il marcato accento romanesco del vecchio amico poliziotto, compagno di avventura nelle indagini sulla stele dell'Isola dei Pescatori.
"Caro avvocato, te dico subbito cun affetto e sentimento che meno te vedo e mejo me sento. L'urtima volta era n'omicidio mo' che amo".
"Un altro omicidio, caro il mio Ranzi. Ma stavolta è diverso".
"In che senso? Nun c'è er morto stavorta?"
"Ma no, che c'entra?" replicò Andrea. "Nel senso che non è un vero e proprio caso professionale, è un mio cruccio. Insomma, una cosa personale".
"Annammo bene, me scocciavi l'anima per robe de lavoro, figuramosse mo'!"
"Dai, Matteo, fai il bravo..."
"Dimme che famo prima".
"Volevo sapere qualche cosa, intendo precedenti penali ed altro, di un tale trovato ucciso sul lago di Lugano in località Cuasso al Lago. Il nome è Alberto Montini".
"Vabbè, do n'occhio e te richiamo".
La telefonata finì così, col tipico modo romanesco: sintetico ed al contempo ilare.
Andrea non era per nulla soddisfatto, erano ormai passate parecchie ore dall'occorso e non aveva saputo nulla. Non stava in sé, e più incazzoso che mai raccolse la giacca tutta stropicciata dallo schienale

della sedia per uscire con destinazione ignota, a fare quattro passi chiarificatori. Proprio allora squillò il telefono.
Sul display apparve il nome “Ciccio”.
“Dimmi tutto”, rispose senza perder tempo Andrea.
“Buongiorno, avvocato”, replicò in tono ironico Geremia. “Volevo aggiornarti sullo stato dell’arte. Poche cose: prima di tutto, il nostro Alberto Montini era certamente uno che non amava farsi trovare. Nessuna iscrizione su Facebook, su Instagram o su altri social. Non ho trovato neanche un indirizzo mail: per Dio, chi non ha un indirizzo mail nel 2022? E di più, neppure un numero di telefono o di cellulare”.
“Non ho capito che mi hai chiamato a fare”.
“Se tu avessi un attimo di pazienza... ho trovato un tizio, stesso nome, stesso paese di residenza, che anni fa ha partecipato ad un’asta per comperare un libro, o meglio un manoscritto d’autore, ad un’asta ad Amsterdam per la bella somma di cinquecentomila euro. Non son certo che si tratti del nostro Alberto Montini, ma vale la pena approfondire perché non credo che di residenti a Lavena Ponte Tresa con quel nome ce ne sia più di uno”.
“Di che libro si tratta?”
“Del manoscritto di un filosofo, tale Baruch Spinoza, intitolato ‘Tractatus Theologico-Politicus’”.
“Scusa, ma che se ne fa un furfante, pluripregiudica-

to e trovato assassinato in un lago in una mesta giornata autunnale, di un libro del genere? Un manoscritto, per di più in latino..."
"Andrea, che cosa vuoi che ti risponda? Sinceramente non ne ho la più vaga idea. Sto andando a Lavena Ponte Tresa a verificare un po' di cose, sarò più preciso in seguito".
"Vengo anch'io. Troviamoci all'imbarcadero tra 40 minuti".
Geremia conosceva Andrea. Quel perentorio "vengo anch'io" gli ricordava il modo in cui aveva pronunciato la frase "come cazzo si chiamava Alice di cognome?" davanti alla stele dell'Isola dei Pescatori. Quindi, ammesso e non concesso che ci fosse il tempo di rispondere, non replicò.

Capitolo 10

Matteo Ranzi si era messo immediatamente al lavoro, e di malavoglia si stava recando dal suo "giovane" - così era uso chiamarlo - per chiedergli di verificare a mezzo delle sue arti informatiche chi fosse questo Alberto Montini.
"Ma che cazzo ie fotte a sto avvocato de sto fatto?" pensava, incamminandosi dal suo collaboratore.
A volte il destino crea strani connubi e sta volta il diavolo, o forse qualche ironico superiore del Ranzi, ci aveva messo lo zampino perché come collaboratore all'esperto poliziotto "romano-de Roma" avevano messo Felix Pichler, originario di Malles Venosta, provincia di Bolzano. Due entità estranee insomma, due opposti: il giorno e la notte, l'estate e l'inverno, il bianco e il nero, e chi più ne ha più ne metta.
Il giovane era stato immediatamente ribattezzato "Felice Picaro" dal Ranzi che, non pago della sua diversità, al primo incontro aveva avuto l'ardire di chiedere a Matteo Ranzi, storpiandone il cognome, se fosse parente di Matteo Renzi. Domanda che come poche altre faceva imbestialire l'ottimo investigatore di polizia giudiziaria.
"Anvedi che rotura de cojoni ar grado massimo sto Picaro", s'era affrettato a pensare Ranzi.
"Picaro viè qua", aveva intimato Ranzi, intravveden-

do il ragazzo alle macchinette del caffè.
"Mi dica, comandante".
"Famme sta ricerca", replicò allungando il foglio con i dati del Montini al ragazzo.
"Per quale fascicolo?"
"È pe n'amico, e quanno dico n'amico nun me devi rompe li..."
"Cojoni", s'affrettò a chiudere la frase il ragazzo.
Felix prese il foglio e si sedette al personal computer. Guardò la schermata relativa ai precedenti penali e si aprì un mondo.
Alberto Montini pareva un "vero" pluripregiudicato. E pareva era il termine esatto, perché a fermarsi al numero di pagine che componeva il suo "curriculum" delittuoso aveva percorso, a processi, tutto il codice penale, non facendosi mancare nulla. Ad un attento esame, tuttavia, risultava che il buon Alberto Montini di condanne ne aveva subite ben poche: in gioventù una lieve condanna per una lesione colposa, verosimilmente un incidente stradale, ed un'altra per lesioni dolose - verosimilmente un alterco da bar - anch'essa risalente nel tempo. A seguire una serie infinita di processi per reati contro il patrimonio, dalla truffa al contrabbando, in cui il Montini risultava quasi sempre assolto in primo grado, qualche volta assolto in appello e rare volte assolto dalla cassazione.
"Questo o è un mago o aveva un mago come avvocato", pensò Felix.

Stampò il plico e si diresse all'ufficio del superiore. Bussò alla porta, e senza attendere entrò. Dall'altra parte stava il Ranzi, sdraiato sulla poltrona, piedi sul tavolo, sigaretta in mano.

"Quanno me spieghi che cazzo serve bussà se poi non attendi che te dica d'entrare me farò vescovo. Damme ste carte", disse in romano stretto il Ranzi, tanto che a Felix venne di pensare se il suo superiore avesse mai proferito parole in italiano o meglio se l'italiano lo conoscesse.

Si trattenne dal dirlo, consapevole che le conseguenze potevano anche essere di natura fisica, data la nota avversione del Ranzi ai regolamenti di caserma.

"Damme ste carte".

Felix allungo il mazzo. Ranzi lo prese e con occhio esperto comincio a guardare i dati girando pagina su pagina.

"Ammazza aho, che aveva Mandrake pe avvocato sto figlio d'una..."

"Mignotta", chiuse Felix.

"Come cazzo te devo dì che nun me devi anticipà er discorso... va a lavorà va".

Prese le carte e le posò sulla scrivania, promettendosi di richiamare l'avvocato Stili non appena avesse avuto un momento.

Capitolo 11

L'imbarcadero di Intra aveva per Andrea Stili qualche cosa di magico. Benché portasse "solo" dall'altra parte del lago scatenava in lui il senso del viaggio, forse dell'avventura.
Si posizionava li, a bordo lago, a guardare questo specchio: grande, ma non infinito come il mare. Volgeva lo sguardo a sinistra verso l'Isola Madre, che coi suoi trecento metri di lunghezza si fingeva grande al cospetto del lago. Poi girava il viso verso Laveno e più a destra Cerro, Ceresolo e Reno. Pian piano alzava gli occhi verso il Sasso Ferro, che come una guardia del corpo proteggeva da tergo l'abitato della cala.
Quel giorno Andrea sentiva l'aria sottile provenire dal lago conciliare i suoi pensieri.
Assorto si ascoltava, ripensando ancora una volta a quella voce proveniente da un uomo morto, di cui sino a qualche giorno prima non conosceva neppure l'esistenza, provenire da un lago che non era il suo. Quella voce sembrava invocare aiuto, il suo aiuto.
Non capiva questo meccanismo del tutto irrazionale che l'aveva colto. Sapeva però di avere due alternative: seguire quell'istinto, quella voce, quella spinta simile all'odore che sente un lupo quando segue la preda ancora da lontano, oppure far in modo che la sua razionalità lo fermasse.

Già, perché tra lui ed un lupo c'erano innumerevoli affinità: la solitudine tra tutte, l'istinto guida come seconda, e poi una certa ritrosia verso l'umano. Tutti elementi, questi, che l'accomunavano a quell'animale. Ma se era lì, in quel momento, significava che la scelta l'aveva già fatta.
Arrivò Geremia accompagnato in auto da Martina. Si avvicinò ad Andrea. Non servì ai due un saluto verbale.
Si avvicinarono all'auto di Andrea e sempre in silenzio salirono piano il battello. Poi Andrea fermò la Mini.
"Mi vuoi spiegare dove cazzo stiamo andando, ma soprattutto cosa vai cercando?" chiese l'investigatore all'amico.
"Devo essere sincero? Non lo so".
Il traghetto partì, e con il suo lento ma inesorabile incedere iniziò a solcare lo specchio dell'acqua.
Era una strana forma di comunicazione tra loro, il silenzio. Ma era il loro modo di parlare.
Il silenzio è una fonte di grande forza, sostiene qualcuno. Siamo abituati dal mondo al rumore, invasi dal caos del quotidiano, dai social network, dalla radio, dalla TV, dai giornali, insomma da molteplici modalità comunicative, nessuna delle quali contempla il silenzio. Per questo il tacere rappresenta un comportamento così particolare e con un fondo di negatività. Eppure questo atteggiamento può essere indicativo di

distrazione come di approvazione, può indicare un atteggiamento prudente, come artificioso ed a volte capriccioso.
Il silenzio tra loro, invece, era una modalità comunicativa per nulla ambigua, regolata dal contesto, da quel lago, dall'andare dolce del natante su quello specchio d'acqua anch'esso silente. Nessuna frustrazione o estraniamento, nessun senso di impotenza, nessun fraintendimento. Solo il linguaggio del sentire, empatico, finalizzato all'ascolto ed alla comprensione dell'altro.
C'è un tempo per parlare ed un tempo per restare in silenzio, un tempo di riflessione ed uno di confronto, uno per farsi sentire anche fortemente e uno per ascoltare doverosamente in silenzio nella consapevolezza che non parlare a volte può esprimere un messaggio più di tante parole.
Geremia - ne era certo - avrebbe avuto modo di capire la situazione aspettando i tempi giusti così come, tante volte, Andrea aveva atteso i suoi, di tempi.
Venti minuti. Tanto durò quella loro "conversazione". Il tempo esatto della traversata del lago con il battello.

Capitolo 12

Morire. L'ultimo atto della vita è una assenza di vita. Morire per natura è un atto "normale", una sorta di evoluzione dell'umano che nulla ha di umano. Vissuto negativamente da chi lo subisce, ma naturale per l'universo. Semplicemente un evento, né buono, né cattivo, nell'eterno incedere delle cose: la natura che fa il suo corso.

Come può permettersi un uomo di interferire con questa essenza dell'essere; come può inserirsi con un atto violento, uccidendo un altro uomo, nell'andare della natura?

No. Non lo può fare. Un uomo non può avere un potere così grande.

E per questo deve subire una punizione. Non una pena redentiva, non una rieducazione, ma una punizione vera e propria, per aver violato le regole più sacre che esistono: non quelle dell'uomo, ma quelle che la natura si è data.

Nel silenzio, Andrea aveva ragionato sul messaggio che gli era arrivato il giorno in cui aveva visto Alberto Montini innaturalmente morto in quel lembo di lago.

Aveva sentito una voce.

Era una nota nitida: forse un grido di giustizia? Non per lui ma per la necessità con cui la natura agisce, impropriamente violata da tanta violenza.

Doveva capire. Doveva trovare il colpevole. O forse no: forse era più corretto dire che doveva trovare risposte.
Ma il problema vero era che non conosceva esattamente la domanda. La sua professione lo portava, infatti, a ritenere che il mandato contenesse un grido di giustizia, ma questo concetto pareva più la razionalizzazione del problema piuttosto che la vera istanza del defunto.
Non poteva che attendere: la risposta sarebbe arrivata, ne era certo.

Capitolo 13

La Mini rossa di Andrea passava dal natante al piazzale di Laveno Mombello emettendo il suono roco delle macchine sportive con motore a scoppio. Il rumore della griglia calpestata dall'auto segnava ineluttabilmente quel passaggio.
"Ci beviamo un caffè?" chiese Geremia.
"No, arriviamo fino a Ponte Tresa. Lo berremo al bar Johnny, così avremo modo anche di chiedere qualcosa del Montini".
"Va bene".
La strada correva veloce curva dietro curva, in assenza di traffico, col lago maggiore alla loro sinistra. Passarono Porto Valtravaglia, non senza notare la cura con cui era tenuto il piccolo paesino, la cui piazzetta era talmente dentro al lago da sembrarne parte. Una curva a esse indicava l'uscita dal borgo. Ora la strada correva diritta sino a Germignaga, delimitata sempre a sinistra dallo specchio d'acqua e a destra dalla ferrovia.
Passarono il ponte che portava a Luino, ammirando la passeggiata lungolago che conduceva in centro. Dopo poco, una svolta li avrebbe costretti a lasciare il loro lago alle spalle per giungere, "navigando" il Tresa a ritroso, fino a Lavena Ponte Tresa.
Si sedettero all'esterno, sotto il bel pergolato del bar.

Una graziosa signorina venne a chiedere loro cosa prendevano.
"Due caffè", disse Geremia.
"Hai notato una cosa?" iniziò Andrea. "Abbiamo passato il centro del paese ed incrociato diverse bacheche comunali".
"Albi. Si chiamano albi", replicò Geremia, come se volesse rimproverare ad Andrea l'uso di un termine non giuridico, proprio lui che di mestiere faceva l'avvocato. "Che hanno questi albi?"
"Riportano i manifesti funebri".
"Quindi?".
"Ne ho visti almeno quattro, ed in ognuno c'erano due o tre manifesti differenti. Vari nomi, varia età, indifferentemente uomini o donne, ma nessuno, neppure uno per Alberto Montini. Eppure," proseguì Andrea, "dalle poche informazioni che avevamo era nato ed aveva sempre vissuto qui. Non ti pare strano?"
"In effetti non è usuale. Però, magari, mi vien da pensare che lui in vita abbia dato disposizioni differenti. Non tutti vogliono la propria effige ed il proprio nome da morti sui muri del paese".
Andrea scorse una copia de "La Prealpina" sul tavolo a fianco. Si alzò e la prese, andando velocemente a cercare la pagina degli annunci funebri. Poi entrò nel locale e se ne uscì con una altra copia del giornale locale che sfogliò con ansia.
"Vedi? Neanche qui né sul giornale di oggi né su

quello di ieri, pieno di annunci funebri, non uno, dico un solo annuncio per Alberto Montini", disse poi, alzando la voce ed il dito indice della mano destra. "Avrà pur avuto un amico, dico io, uno solo: un conoscente, un fratello, un parente al sesto grado? No, nessuno".
Parlava con inusitata animosità tanto da provocare la sin allora sopita reazione dell'amico.
"Senti, Andrea, io son qua, ti sto vicino e ti ascolto, ma ora mi son rotto un po' le palle. Sinceramente non era tuo cliente, non lo conoscevi, nessuno ti ha incaricato di essere difeso per l'omicidio di sto tizio: ma mi spieghi che cosa t'importa di sta vicenda? Cioè, voglio dire, di omicidi in Italia ce ne sono cinque al giorno, per quale motivo dobbiamo interessarci di questo?"
"Quel maledetto giorno, quando ho visto quel corpo ho udito anche una voce. Era il tipo di voce che le orecchie seguono come se ogni parola fosse un'unica ed irripetibile melodia di note che non verrà mai più suonata. Mi capisci?"
"Veramente no," rispose sincero Geremia, "però continua".
In quel momento arrivarono i caffè, e Geremia ironicamente chiese alla ragazza: "Signorina, sa mica dirmi dove si trova il più vicino ospedale con reparto di psichiatria che il mio amico sente le voci?" Poi aggiunse: "Dai, scherzo. Prosegui..."

"Non ho molto altro da dire se non che ho chiaramente distinto una richiesta di aiuto da parte di questo uomo, come fosse vivo davanti a me e mi implorasse, come sua ultima istanza di vita. Ma era già morto, capisci?"
"Facciamo una cosa. Ti aiuterò senza fiatare in questa ricerca, spero breve perché adesso come sai tengo famiglia. Non ti chiederò nulla, lo farò e basta".
Andrea pose la mano sulla spalla di Geremia in segno di apprezzamento. Per lui quel gesto era davvero inusuale, tanto che l'investigatore capì che quella storia per Andrea non era un capriccio.

Capitolo 14

"Da dove iniziamo?" chiese Andrea.
"I piccoli paesi come questo hanno due punti di riferimento essenziali: il prete ed il maresciallo. Lì sta il campanile", disse volgendo lo sguardo alla sua sinistra. "La casa parrocchiale non sarà lontana e qualche informazione il prete saprà darcela".
Andrea annuì.
I due si alzarono e si diressero verso il centro del paese, percorrendo la strada pedonale tra il bar ed il lago per un primo tratto ed attraversando poi la strada nel senso in cui il fiume Tresa lo abbandona per un secondo tratto.
Percorsero poche centinaia di metri e furono davanti alla chiesa. La porta stava aperta e proprio lì sull'uscio notarono il prete.
L'edificio era di nuova costruzione, in calcestruzzo, per nulla piacevole alla vista. Salirono i gradini e si approcciarono al religioso.
"Buongiorno, don..."
Geremia sospese il saluto in attesa che l'astante lo completasse col proprio nome.
"Vittorio... don Vittorio", rispose quello.
Risultava essere un uomo molto alto dall'apparente età di sessant'anni, canuto. Al primo impatto tutto tranne che affabile. Uno di quelli, insomma, che più

che avvicinare nuovi fedeli agli altari, allontanano i poco convinti.
Vestiva l'abito nero, lungo, chiuso dai trentatré bottoni. Al collo il "clergyman" antiestetico e lo scomodo collarino che, non si conosce il motivo, viene imposto al clero.
"Senta, volevamo sapere qualche cosa sul sig. Alberto Montini, deceduto in tragiche circostanze qualche giorno fa", esordì Geremia.
"Perché? Voglio dire, chi siete?" replicò il prelato, confermando coi fatti la prima impressione dei due amici.
Intervenne Andrea. "Guardi, non siamo della polizia né della Procura della Repubblica. Semplicemente sono uno di quelli che l'hanno trovato morto sulla sponda del lago e le confesso, don Vittorio, che da quel momento faccio fatica a prender sonno, tanto che mi son mosso da Verbania sin qua per capire chi fosse quell'uomo, per conoscerne la storia. Io non credo lei mi possa comprendere, ma ho necessità di sapere".
"Onestamente, non so molto", rispose, ammorbidendo il primo scontroso approccio, il parroco. "Posso dirvi che non frequentava la chiesa, che l'ho visto pochissime volte in paese, che viveva su per salire a Cadegliano in una bella casa con una ragazza che qualcuno del paese dice essere sua figlia e qualche maldicente sostiene sia una sua compagna, notevolmente più giovane. Mi è capitato a volte, incontran-

dolo per strada, di tentare un approccio con questo uomo, ma l'ho trovato sempre estremamente schivo anche alla chiacchiera più leggera. Insomma, opponeva una forte resistenza a farsi conoscere, tant'è che non l'ho conosciuto. Se poi volete sapere dei pettegolezzi, ecco: lì potrei dirvi tantissime cose, ma non so se sono di vostro interesse".

"La prego, prosegua. Ci interessa ogni cosa".

"Entriamo nella casa parrocchiale: nel mio piccolo studio staremo più comodi".

I tre si allontanarono dall'ingresso della chiesa ed al seguito del prete entrarono nella casa parrocchiale. L'abitazione era fatiscente: muri vecchi scrostati, porte e finestre di legno vile. Lo studiolo era piccolo, ben organizzato ed ordinato, ma umile.

"Accomodatevi", disse il padrone di casa. "Prendete un caffè?" proseguì affabilmente.

I due rifiutarono, ringraziando per la cortesia.

"Se passiamo ai pettegolezzi, su quell'uomo potrei scrivere un libro. Premetto che i frequentatori della chiesa per loro natura sono abbastanza inclini alla chiacchiera futile, e sul Montini volavano le fantasie più assurde. Anzitutto pare che nessuno abbia mai visto l'interno di quella abitazione, su cui ho sentito ogni tipo di descrizione. Qualcuno parla di bunker, altri di oggetti di un valore non quantificabile. Taluno si è spinto a parlare di stregoneria, insomma di ogni. Quello che posso dirvi di certo, perché l'ho

constatato, è che non era credente, o meglio: non credeva nel mio Dio".
"Quindi un qualche contatto diretto con lui l'ha avuto".
"Quell'uomo mi ha sempre incuriosito, mi attirava. Non so il motivo, ma era così".
Andrea trovò conforto in quelle parole, in cui si ritrovava appieno: comprendeva benissimo il prete che era attirato da vivo dal Biffo, poiché lui era stato attratto da morto.
"Un sabato mattina di qualche mese fa," proseguì Don Vittorio, "lo vidi da lontano. Qui a Ponte Tresa il sabato c'è mercato, e il paese si anima. Dalla Svizzera vengono in molti a fare acquisti a causa del cambio favorevole. Insomma, per farla breve: lo vidi in mezzo alla solita folla con una borsa in mano, probabilmente intento far la spesa".
Il parroco s'era messo seduto sulla sua poltrona dello studio, con la schiena poggiata sul retro e i gomiti sulla parte laterale, e parlava con le mani giunte. Lo sguardo era assorto, e volto verso la parte alta della stanza.
"Lo puntai come un cane da caccia punta il fagiano, e con passo svelto lo raggiunsi. Non fece nulla per andarsene. Quando gli fui a tiro ebbi un'uscita che a pensarci ora fu totalmente infelice. 'Avrò mai l'onore di vederla in chiesa una domenica?' gli chiesi.
Lui mi guardò per nulla stupito. Quell'uomo aveva la

calma negli occhi, non so come altro dire. Non la definirei freddezza, ma intuivi solo guardandolo che era un tipo di sostanza, una persona 'solida' di testa. Non so come altro spiegare questa sensazione. Ecco, non voglio tergiversare, ma la risposta mi fece rimanere secco.

'Invidio la sua fede, don Vittorio'.

Questo mi disse.

Molte volte ho chiesto a un parrocchiano di venire in Chiesa. Ho ricevuto le risposte più varie: la domenica lavoro, sto in famiglia, dormo. Ma 'invidio la sua fede' ha dietro un mondo, lo capite?"

E proseguì senza attendere risposta: "Come a dire: 'Io questo viaggio, il viaggio della fede, della religione, l'ho fatto tutto, ma sono arrivato al punto che la fede è un dono che non ho avuto, e invidio chi ce l'ha'. Comprendete la profondità di questa risposta? Comprendete il mio smarrimento? Io pensavo di aver davanti il delinquentello del paese..."

Si fermò. Seguì un attimo di silenzio.

Andrea comprese che s'era sbagliato nel valutare don Vittorio, e che si trattava di un uomo di cuore che attendeva con scrupolo al suo mandato, come in fondo, sebbene in altro settore, faceva anche lui...

Nulla altro c'era da dirsi. I due si alzarono, salutarono don Vittorio ringraziandolo per averli ascoltati ed uscirono.

Erano di nuovo punto e a capo. Alberto Montini, il

Biffo, era una specie di fantasma che, come l'onda lieve del lago, aleggia senza lasciare traccia.
"L'unica vera cosa che possiamo fare è andare a casa sua", disse Andrea.
Geremia annuì.

Capitolo 15

Uscirono un po' sconsolati dall'ufficio del parroco e si diressero verso l'auto. L'abitazione del Biffo non era difatti raggiungibile dal paese a piedi, a meno di una scarpinata in salita di un'ora almeno.
Al parcheggio chiesero indicazioni sul percorso ad un ragazzo. La strada era semplice: occorreva percorrere la via principale che portava da Lavena Ponte Tresa a Marchirolo, e a metà della salita iniziale svoltare a destra. Poco dopo la svolta sarebbero giunti al paese di Cadegliano.
Così fecero.
Senza grande difficoltà intravidero proprio a metà della salita una piccola strada sulla destra.
"Deve essere quella", disse Geremia.
Andrea annuì e senza indugio prese la deviazione.
Giunsero al piccolo paese che apre le sue braccia verso la vallata con una bella vista del lago sottostante. La strada proseguiva su per una salita parecchio in pendenza: la macchina procedeva lentamente ed i due cercavano qualcuno che fosse in giro per chiedere indicazioni.
Incrociarono un ciclista che stava prendendo la ciclabile sulla loro sinistra. Provarono a chiedere a lui, ma non era del posto. Ad un certo punto in lontananza videro una signora che usciva dalla propria casa per

gettare l'immondizia.
Andrea accese l'auto e si avvicinò. Era evidente che si trattava di una massaia poiché addosso aveva un grembiule.
"Buongiorno, signora. Non è che sa indicarmi l'abitazione di Alberto Montini?"
"Deve proseguire per questa strada," rispose lei, "sino in fondo. Quando la strada finisce prenda la piccola sterrata a destra, e dopo pochi metri vedrà un cancello di ingresso verde con dietro un ampio giardino. È quella". Poi aggiunse, dopo un breve attimo di silenzio: "Il Montini è morto. Lo sa, vero?" disse titubante la donna.
"Certo, signora, lo sappiamo. Grazie per le informazioni", concluse Andrea.
Senza tergiversare oltre, schiacciò l'acceleratore della Mini rossa, che sgommando partì verso la destinazione indicata. Riconobbero subito il cancello dell'abitazione, di fronte alla quale stava uno slargo dove lasciarono l'auto.
Scesero e si posero davanti al cancello cercando, prima di suonare, di scrutare oltre.
Era da lì ben visibile un grande prato verde molto ben curato, con diverse piante ad ombreggiarne una parte. Sullo sfondo a sinistra, un filare ben disposto faceva pensare ad alberi da frutto. A fianco, sempre ben ordinata, una piccola serra da coltivazione di verdure. Al centro spiccava una macchia rosa posta a

contorno della casa: evidentemente porfido rosso quarzifero, pietra esclusiva della zona.
La casa era bassa, di colore verde acceso con le finestre bianche. A fianco dalla parte destra, c'era un grande garage doppio, sopra il quale, verso sud, erano posati dei pannelli fotovoltaici.
Intorno la recinzione, anch'essa molto ordinata e sempre di colore verde, sovrastava un muretto alto circa mezzo metro.
Mentre scrutavano, due cani si avvicinarono con fare minaccioso al cancello. Si trattava di pastori svizzeri, completamente bianchi e molto in forma.
Era una razza che Andrea conosceva, poco diffusa in zona, tanto che disse: "Mi aspettavo due labrador".
Come se solo questa razza fosse il degno contorno della casa in stile "Mulino Bianco" che avevano di fronte.
Non restava che suonare.

Capitolo 16

Matteo Ranzi se ne stava accoccolato sulla sua sedia, anelando l'agognata pensione con le gambe allungate sul tavolo di fronte a lui, le mani incrociate dietro la testa. Fumava ardentemente un non meglio precisato focolare.
Sul tavolo alla sua destra, c'era il fascicolo di Alberto Montini che aveva chiesto al collega altoatesino. Non ci aveva ancora ben messo su la testa, limitandosi allo sguardo che gli aveva consentito di valutare la "fortuna" giudiziaria di quell'uomo che, a fronte di numerosissimi processi, aveva subito solo piccolissime condanne, peraltro risalenti nel tempo.
Con un moto istintivo si domandò: "Chi cazzo c'aveva sto minchione come avvocato?"
E facendo scodellare in avanti la sedia posò le piante dei piedi a terra, prese in mano il fascicolo, su cui cadde della cenere che scostò con un cenno della mano, e lo aprì in cerca di risposta.
Tra le pagine non v'era cenno del nome del legale. Non poteva essercene - pensò - qui vengono annotate le sentenze, ma non il nome del legale che non sarebbe interesse di conoscere. Infatti non lo trovò.
Ma per un "romano de Roma" la curiosità è lo strumento con cui si vince la noia, una sorta di stimolo a battere un'atavica pigrizia.

"E che cazzo! Traiano* ha conquistato er monno, e io nun riesco a vede chi difendeva sto tizio?" pensò.
Seguì un urlo: "Picarooooooo".
Così chiamò lo sventurato assistente che, intento a bersi l'ennesimo caffè davanti alla macchinetta, trasalì al punto di rovesciarsi la bevanda addosso.
Aprì la porta del suo capo. "Comandi".
"T'ho già detto che qua nun sei a fa er militare, che sto comandi te lo devi scordà. Che hai?" chiese poi, guardando la macchia di caffè. "Fatti mette er bavaglio se nun te sta a tenè. Vabbè, bando a 'ste cazzate: mo' tu scenni, pigli la macchina di servizio e te ne vai a cercà sto fascicolo ar tribunale".
Aveva selezionato un fascicolo - il primo che aveva trovato - che si era tenuto presso il Tribunale di Milano. La "mano" dell'avvocato era sempre la stessa, ne era sicuro, per cui un fascicolo valeva l'altro.
"E...?" provò a rispondere Felix Pichler.
"E famme finì na vorta! E ce guardi dentro e vedi chi era che faceva da avvocato ar Montini. Appena leggi me chiami".
"Agli ordini".
"Mmm... ma vaffanculooooo! T'ho appena detto che non stai al militare".
Felix obbedì senza ribellarsi. Non faceva parte della

---

* Imperatore romano sotto il cui comando Roma ebbe la massima espansione.

sua natura la ribellione, e in fondo a quel comandante voleva bene. Gli era persino simpatico, e ben sapeva che dietro a quella scorza fintamente fannullona, il capo aveva esperienza, capacità e grinta da vendere.

Capitolo 17

Andrea si era avvicinato al videocitofono della villa, e con l'indice della mano destra si accingeva a suonare. Geremia lo fermò prendendogli il braccio. "Aspetta. Ok, ora suoniamo, troviamo un famigliare, un amico o chissà chi: e che cosa gli diciamo? 'Buongiorno, siamo qui per un insensato impulso, perché lui, il Biffo, da morto, mi ha chiesto di scoprire chi l'ha ucciso'? Andrea, rifletticì".
"Io non lo so, Ciccio. In definitiva, io non lo so che cosa mi ha chiesto quel uomo. Non so bene neanche che cosa stia succedendo. Non so se mi ha domandato di trovare il suo assassino o che altro. So che non posso farne a meno, che questa cosa mi viene da dentro, dal profondo, e se non vado fino in fondo mi accompagnerà per sempre".
Geremia lasciò il braccio di Andrea, che con decisione tornò alla sua azione, suonando il campanello.
"Chi è?" rispose la voce femminile dall'altro capo.
"Buongiorno, signora. Mi chiamo Andrea Stili, sono un avvocato e sono qui per la morte del sig. Alberto Montini. Avrei bisogno di parlare con un famigliare o un amico intimo. Se mi darà modo di fare due chiacchiere, prometto che non le ruberemo molto tempo".
"Lei e chi altro?"

"Sono qui con un mio collaboratore, Geremia Noè. Per cortesia, signora, ci dia modo di spiegarci".
"Vi apro. I cani sono innocui, venite pure", disse inaspettatamente la voce.

Capitolo 18

"Capo," disse esitando Pichler, "l'avvocato di questo processo era Carlo Criscito".
"Sto figlio de 'na mignotta..."
Matteo conosceva il legale benissimo: ne era amico da tempo, lo stimava, lo riteneva uno dei migliori legali che avesse mai visto all'opera.
Matteo aveva sempre avuto dell'attività legale un ben preciso concetto.
Anzitutto occorreva distinguere i penalisti dai civilisti. Distinzione all'apparenza ovvia, ma non nella sostanza. Il civilista è un attento e preciso cultore di norme, il penalista deve avere qualche cosa di diverso. Mentre il primo può imparare la professione, secondo Matteo, il secondo avrebbe potuto impararla solo in parte.
L'avvocato penalista doveva infatti avere una dote innata: quella di "sentire" chi gli stesse di fronte. Doveva sentire il cliente, per capire con chi avesse effettivamente a che fare; doveva sentire il pubblico ministero e la parte civile per capire sempre, in ogni fase del processo, dove volessero andare a parare. Serviva avere analoga sensibilità nei confronti del giudice, per capire quando affondare la spada e quando lasciar perdere. Infine, doveva essere un buon cultore del diritto, che andava masticando per aule.

Carlo Criscito, come pochi altri, aveva queste doti e le esternava con una delicatezza senza pari.
Matteo ricordava di averlo conosciuto durante un processo in cui difendeva un noto politico, reo di aver approfittato sessualmente di una collaboratrice. Tra le carte di questo processo era emersa in tutta evidenza una grave violazione da parte della pubblica accusa che, al fine di validare un documento, ne aveva modificato la data.
Il Criscito aveva sollevato la questione, facendola comprendere alla perfezione al giudice ma senza mai usare la parola "falso" o "reato" nei confronti del pubblico ministero. Ricordava molto bene la scena e le parole precise usate in quel consesso dall'avvocato.
"Io constato che tra il documento agli atti e la copia nelle mie mani," aveva detto al giudice il legale, "c'è una differenza di data. Non sta a me dire cosa ciò comporti: valuti lei, signor giudice".
Ovviamente aveva vinto il processo.
Anche fisicamente, Carlo Criscito aveva il suo bel perché. Girava sempre coi pantaloni col risvoltino, la giacca elegante col fazzoletto al taschino, sempre senza cravatta e, anche in pieno inverno, senza calze, talché nello stacco tra la scarpa ed il pantalone si scorgeva il collo del piede.
Aveva una sola auto: una Porsche 911 cabrio. Il Ranzi rammentava di averlo scorto in centro Verbania un giorno con una lavatrice, che evidentemente aveva

acquistato, posta su quelli che dovevano essere i sedili posteriori dell'auto. Quasi sempre però girava in moto: una BMW GS 1250.
Ad ogni modo, dopo quella accusa scomoda, il pubblico ministero che l'aveva subita aveva cercato di mettere in difficolta l'avvocato difensore. Aveva ordinato proprio a lui, al Ranzi, di fare una perquisizione nello studio del legale.
Ranzi ovviamente aveva dovuto obbedire, ma giunto nello studio e prima di qualunque attività di perquisizione, aveva letto uno scritto del legale apposto alla parete.
"PORTARE UNA TOGA.
Devi sapere che ci vivrai, portando una toga, ma non ci diventerai ricco.
Che partirai al mattino presto e tornerai a casa la sera tardi, e spesso di notte ti sveglierai pensando di aver sbagliato qualcosa in una pratica.
Che dovrai sempre avere la profonda onestà intellettuale di fare l'interesse di chi difendi, mai il tuo.
Che vivrai mille vite, spesso nel loro momento più delicato e di difficoltà, e che questo ti arricchirà ma nel contempo ti sfinirà.
Che se porti la toga per davvero, dentro, nell'anima, non incontrerai i grandi della terra, ma più probabilmente i derelitti, gli sfortunati, i poveri... e loro dovrai aiutare.
Che tutti i giorni sarà una piccola guerra, dove ti spa-

rerà sempre l'avversario, qualche volta un giudice ed altre pure chi assisti.
Che dovrai studiare tutti i giorni della tua vita e dovrai assumerti responsabilità almeno (dico almeno) due volte ogni giorno della tua vita.
Che dovrai avere coraggio di sostenere sempre la tua tesi, e che dovrai dimenticare l'orgoglio di vedere la tua tesi non accolta.
Portare la toga è una missione piccola, e occorre farlo con dignità. Sempre!"
Questo scritto gli aveva immediatamente fatto capire che in quello studio non avrebbe trovato proprio nulla di quello che il pubblico ministero gli aveva chiesto di cercare.
Non aveva fatto alcuna perquisizione, redigendo un verbale negativo come se l'avesse svolta senza trovare niente.
Da quel giorno lui e Carlo Criscito erano diventati ottimi amici.

Capitolo 19

Andrea e Geremia varcarono il cancello dietro il quale si dipanava il praticello verde perfettamente tenuto, con al centro le lastre in porfido rosso lucidato che, in contrasto con il verde del prato, evidenziavano chiaramente il percorso da seguire. A lato di ogni lastra stava una luce incastonata a terra.
Gli animali di casa neppure badavano ai due ospiti, quasi avessero sentito l'invito che la padrona aveva profferito loro. Si limitavano a guardare da lontano i due che si avvicinavano alla porta di ingresso a passo svelto.
La donna aprì la porta.
Appena la vide, Andrea notò la meraviglia dei suoi occhi color ambra, intonati ai folti e lunghi capelli ricci. Il naso leggermente aquilino e la bocca medio-larga color porpora le davano un'aria allegra. La sua pelle era bianca, cosparsa di piccole lentiggini. I suoi zigomi erano leggermente pronunciati. Il volto denotava un carattere frizzante cui facevano degno contorno la capigliatura riccioluta e i ciuffi che le calavano sugli occhi.
Portava una maglia decorata con motivi floreali, dei jeans lunghi con delle toppe, che raffiguravano dei gatti di vari colori; ai piedi aveva scarpe comode, da ginnastica, consumate dal tempo. Era mediamente alta, con un seno ben proporzionato al resto del

corpo, e se avesse dovuto scommettere Andrea avrebbe detto che fosse una seconda abbondante.
I suoi lineamenti, a ben vederli, ricordavano una certa estraneità: forse non era italiana - pensò Andrea. Nel complesso, l'idea era quella di una avvenenza marcata, ma ferma.
"Accomodatevi, prego", disse la donna, aprendo la porta ai due. "Sono Giada Montini. In che cosa posso esservi utile?"
"Presumo lei sia la figlia del sig. Alberto?", disse Andrea, in forma dubitativa. Non c'era alcuna somiglianza tra la giovane donna che aveva di fronte e il cadavere che aveva visto e che aveva ben in mente.
In effetti - rifletteva Andrea - era difficile paragonare il volto di una persona viva con quello di una deceduta, perché mancava il primo parametro di valutazione: la vitalità.
"Sì, sono la figlia di Alberto", disse la donna, interrompendo i suoi pensieri. "Vi prego, sediamoci. Prendete qualcosa?"
"Grazie. Volevo dirle perché sono qui e che cosa vorrei chiederle..."
Andrea sospese la frase, e vi fu qualche secondo di silenzio, tanto che Geremia si voltò verso Andrea invitandolo palesemente con lo sguardo a proseguire.
"In realtà," disse quindi lui, sconsolato, "non so neanche io perché sono qui. O meglio, quasi non oso dirlo perché sembra anche a me una piccola follia".

"La prego, non si faccia remore. Ormai è qui, parli".
"Beh, anzitutto le mie, o meglio le nostre, condoglianze, signora, per la perdita di suo padre", disse Andrea, più per prendere tempo che per mostrare un cordoglio che era già palese dai loro atteggiamenti. "Insomma, ecco... sono qui perché ho visto il corpo di suo padre giù al lago, e niente... mi ha mandato un messaggio il papà".
La donna indietreggiò con il capo, come a dire: "Ma sei normale?"
Andrea percepì il disagio. "Aspetti, facciamo qualche passo indietro".
L'avvocato Stili era per la prima volta in difficoltà di parola. Con calma, cercò di articolare il discorso.
"Sono un avvocato penalista, signora Giada, ed esercito a Verbania. Casualmente mi sono imbattuto nel corpo di suo padre, che non ho mai conosciuto in vita. Da quel momento non ho altro pensiero che questo. Voglio dire, non mi prenda per pazzo. Credo di essere una persona 'normale', ma ho sentito qualche cosa di molto intenso, un messaggio proveniente da Alberto, che non so decifrare ma neppure dimenticare, e che mi ha portato ad interessarmi a lui. Dopo brevi verifiche documentali..."
"Da cui abbiamo ricavato invero assai poco", si inserì Geremia.
"...eccomi qui", concluse Andrea. "Ecco quindi il punto: chi era suo padre?"

Capitolo 20

Matteo Ranzi aveva deciso che per quel giorno aveva lavorato anche troppo.
"D'altro canto," aveva pensato con una certa autoironia, "sono un dipendente dello stato. Sarò mica l'unico che va a casa sudato oggi".
E poi c'era quella cosa, quello strano caso di Alberto Montini che, con l'aiuto del suo amico avvocato Carlo Criscito, l'aveva scampata in una serie infinita di processi penali, che gli ronzava in testa.
Decise quindi di uscire dall'ufficio, per dirigersi in quello dell'amico avvocato.
Con passo svelto scese le scale e appena fuori dal portone si accese l'ennesima sigaretta. Mentre compiva quel gesto, gli passò davanti una splendida ventenne, che procurò in automatico l'esclamazione "sti cazzi" nel suo cervello.
Sbofonchiando la sua sigaretta, a passo svelto traversò la strada e si diresse verso lo studio dell'amico, che stava poco distante da lui.
Solitamente si pensa che lo studio di un avvocato di fama sia enorme con mille collaboratori, in stile film americano. In realtà, generalmente lo studio rispecchia il carattere del professionista che vi lavora, e così quello di Carlo Criscito era formato da lui e da una collaboratrice, anche lei avvocato, giovane e semplice.

C'erano tre soli locali: i due studi dei legali, una piccola sala d'attesa e nessuna segretaria. L'ufficio di Carlo era rettangolare, con un'ampia finestra che dava su corso di Porta Vittoria; appena entrati, sulla destra c'era un armadio stracolmo di libri e codici, al centro una scrivania coperta da faldoni col casco da moto appoggiato in un angolo.

Il Ranzi arrivò in zona e capì immediatamente che l'amico avvocato era in ufficio, dato che sotto stava parcheggiata la sua BMW GS 1250 giallo-grigia. Nonostante la sua Porsche, Carlo era piuttosto allergico alle auto e si muoveva sempre - pure con la pioggia - in moto.

Matteo salì ed entrò senza suonare. In sottofondo, la musica ipnotica di Ludovico Einaudi aiutava la concentrazione dei legali. Gli si parò davanti la collega di Mario che, avendo sentito la porta aprirsi e richiudersi, s'era affrettata a vedere chi era.

"Ah, è lei".

"Mannaggia, con sto lei me fai sentì per metà in una bara! Er boss sta de là?"

"Vieni, vieni", si sentì dalla stanza del "boss".

"Ciao, ragazzo", disse Carlo, vedendo l'amico.

Se ne stava comodamente steso sulla sua poltrona, con i piedi sul tavolo, un faldone sulle ginocchia e gli occhiali da vista appoggiati sopra la testa.

"La tua collega me fa sentì un vecchio e tu me saluti così?"

Carlo rise, l'accento romano gli piaceva tremendamente.
"Qual buon vento ti porta in questo triste ufficio?"
"Vengo pe sapè de uno che hai difeso un sacco de vorte. Sempre assolto, manco fossi Mandrake. L'hanno trovato morto in provincia di Varese".
"Parli del mitico Biffo?"
"Sì, vedo che hai capito".
"Che cosa vuoi sapere?"
"Cominciamo dall'inizio..."

Capitolo 21

"Mio padre era un universo, un mondo infinito di sapere e di conoscenza, un essere unico quasi inarrivabile..."
Dato questo "incipit" di Giada, cui si erano illuminati gli occhi profferendo questa frase, Andrea e Geremia si guardarono: ad entrambi, pur comprendendo lo stato della donna, era parso esagerato che un soggetto come Alberto Montini venisse definito così, ancorché da sua figlia.
"In che senso?" intervenne Geremia.
"Venite con me", rispose la donna.
Si alzò, e con passo deciso si diresse verso il centro dell'abitazione, prese delle scale a scendere e ad un certo punto aprì un'ampia porta di legno che dava su una lunga biblioteca.
Entrarono.
Andrea e Geremia non potevano credere ai loro occhi. A destra come a sinistra di questo locale seminterrato c'erano librerie alte quanto il soffitto, che chiuso "a volta" si stagliava sopra loro ad una altezza di almeno cinque metri. La stanza era lunga dodici o quindici metri e larga quattro; al centro stava un tavolo fatto dello stesso legno delle librerie su cui era appoggiata una grande lampada con il vetro di colore verde. Sempre sul tavolo due grandi personal com-

puter marca Apple si fronteggiavano.
"Questo è il luogo di lavoro di mio papà".
Andrea e Geremia se ne stavano a bocca aperta, del tutto increduli alla vista.
"L'ultima volta che ne abbiamo parlato mi ha detto che era arrivato a centomila libri qua dentro... non dico che li avesse letti tutti, ma quasi".
Sempre in totale silenzio, i due si addentravano assorti alla vista di tanta cultura. Andrea notò in fondo dei libri tenuti in delle bacheche singole, chiuse da un vetro.
"Quelli sono i tomi da collezione. Hanno un valore quasi inestimabile... almeno alcuni".
Geremia ed Andrea si accostarono ad alcuni di questi e lessero di che cosa si trattava: "5 maggio 1821 - Manzoni - manoscritto dell'autore"; "critica della ragion pura - Kant - manoscritto dell'autore".
In fondo alla sala, in una bacheca più grande ben evidenziata, lessero: "Ethica - Spinoza - manoscritto dell'autore".
Vedendoli soffermare sul tomo, la donna intervenne: "Aveva una passione infinita per Spinoza. Da qualche parte dovrebbe esserci anche..."
"Il Tractatus..." intervenne Geremia.
"Sì, sta là", indicò Giada.
Geremia si avvicinò al tomo con reverenza religiosa e lo guardò attentamente. Dalla parte destra del libro fuoriusciva un segnalibro di colore verde che creava

un certo contrasto con la vetustà del tomo.
"Non avete ancora visto nulla", proseguì Giada. "Seguitemi".
I due, silenti, obbedirono.
Giada prese un'altra scala discendente, e aprì una porta dietro la quale stava una chiusura fatta di sbarre da cui si intravvedeva una cassaforte.
Con una combinazione numerica sbloccò entrambe, e mostrò agli astanti una collezione di orologi di stupefacente bellezza.
Richiuse ed invitò nuovamente i suoi ospiti a seguirla. Dopo un corridoio lungo e piuttosto buio oltrepassarono una porta e giunsero in un garage. C'erano almeno trenta, quaranta auto d'epoca, tutte Jaguar, perfettamente lucidate.
"Sono tutti i modelli di Jaguar dalla nascita della casa sino ad oggi".
I due si guardarono stupefatti e non proferirono parola sinché non tornarono a sedersi là dove il loro colloquio era iniziato.
"Mio padre era quello che avete visto. Era una persona di una cultura infinita: non si poteva dirgli che era intelligente perché quasi si offendeva. Rispondeva che l'intelligenza è una dote concessa a pochi e che lui era uno che semplicemente sapeva molte cose, un magazzino di nozioni e concetti. Così si definiva, ma in realtà, ve lo assicuro, era una persona di una profondità inaudita".

"Scusi la domanda," interruppe Geremia, "poiché credo che la sua descrizione poco si accordi con la vicenda di suo padre. Ecco, noi capiamo che lei sia ancora scossa..."

"No," rispose Giada, "credo che voi non abbiate proprio capito. Come tutti del resto, o almeno come molti".

"Hai la pazienza," si inserì Andrea, dando del tu a Giada, "di raccontarci la sua storia?"

Capitolo 22

"Quell'uomo era un genio", esordì Carlo Criscito.

"Che vor dì?"

"Io ti posso dire della sua storia giudiziaria, ma per il resto dovresti chiedere alla figlia adottiva".

"E dimme..."

Capitolo 23

"È una lunga storia," disse Giada, "ma se avete pazienza..."
"Certo", risposero all'unisono i due.
"Sono figlia adottiva di Alberto Montini, che nell'ambiente criminale era definito il Biffo, ma sono nata in Kosovo, e precisamente a Pristina.
Mio padre, il mio vero padre, non l'ho mai conosciuto, mia mamma invece sì. Era una donna stupenda, molto dolce, che mi ha dato tanto amore, e in più era molto dotata intellettivamente. Di professione faceva il medico ed era anche ricercatrice universitaria. Purtroppo quando aveva appena 40 anni si ammalò di tumore e, dopo un'agonia durata un paio di anni, morì. Io ero ancora troppo piccola per cavarmela da sola e non avendo in vita altri parenti, venni messa in un istituto.
Stetti lì un po' di tempo, non so dire quanto: la vita mi era caduta addosso ed io non avevo le forze per sostenerla. Le mie giornate erano tutte identiche e nessuno sperava per me in un'adozione perché ormai ero troppo grande e le famiglie preferivano bimbi decisamente più piccoli. Ma un giorno arrivò lui.
Era strano vedere una persona sola in quell'istituto. Generalmente arrivavano delle coppie, marito e moglie. Venivano fatte accomodare su un divanetto,

all'ingresso. Noi pargoli scorrevamo nella stanza e la coppia, chissà con quale criterio, sceglieva uno di noi e se lo portava a casa.
Che cosa accadesse prima di quell'incontro io proprio non lo so dire. So che nell'istituto, dove alla fine ci trattavano anche bene, ogni "accasamento" originava una festa, per dare la sensazione a chi rimaneva che era una bella cosa, che uno di noi avesse trovato la sua nuova mamma ed il suo nuovo papà.
Ed io di feste ne vidi molte, certamente troppe.
Ma non vorrei dilungarmi...
Lui arrivò da solo. Non so se per questo fatto o per quale altra ragione, nel momento in cui io venni fatta entrare nella stanza andai subito da lui.
Io quasi mi ero rassegnata a non piacere a nessuno, tante erano le coppie di genitori che avevo visto passare in quella stanza. Ma ricordo con precisione le sue parole, immediate e prima di aver visto qualunque altro bimbo.
'Voglio lei', disse.
Il direttore dell'istituto tentò di dirgli che 'c'era di meglio', non so se mi capite, ma lui fu perentorio.
Ricordo che mi portarono in un ufficio che non avevo mai visto prima di allora. Lui prese da una valigetta due mazzi di soldi, li porse al direttore, poi venne un'inserviente con un cartone contenente qualche mia foto ed i miei effetti personali e glieli consegnò.

Uscimmo dall'istituto che lui mi teneva per mano. Era così strano per me tenere per mano un uomo. Io così abituata a quella di mia mamma, piccolina e dalla pelle morbida, ne stringevo una vigorosa.
Il viaggio di rientro in Italia fu un vero calvario, tra un taxi, un'auto noleggiata, barche fatiscenti e treni. Qualche tempo dopo essere arrivata qui, compresi la ragione di tanto trambusto: Alberto non era sposato e neppure aveva una compagna, quindi non avrebbe potuto adottarmi. Ero di fatto un'abusiva. Non avevo nulla, neppure un documento vero. Insomma, ero una "irregolare" in terra straniera.
Provvide lui a darmi tutto".
Mano a mano che parlava gli occhi di Giada si ingrandivano, le piccole rughe attorno si erano allentate, rendendo il volto meno preoccupato e più angelico.
Andrea e Geremia, che le stavano di fronte, avevano notato il cambio di atteggiamento, ma era soprattutto l'avvocato Stili ad esser colpito dalla donna: era come se quel racconto non passasse dalla sua mente tanto lo penetrava sino al centro dell'anima. Viveva quella voce come una conseguenza di quella di Alberto Montini il giorno che lo aveva visto morto.
Nella stanza era silenzio. Non assenza di rumore, ma silenzio assordante: non un crepitio dal vento, non un movimento estraneo al racconto, nulla.
Giada si era fermata quasi dubbiosa, come se si domandasse se davvero quello che stava narrando fosse di

interesse per chi aveva di fronte. Era consapevole che quel racconto era utile più a lei che a loro, quasi che quell'esercizio maieutico la aiutasse a metabolizzare la perdita dell'unica vera persona presente nella sua vita. Si era sempre domandata se fosse vero che per ciascuno di noi c'è un disegno già delineato e che, per quanto bizzarro, dobbiamo seguire: aveva inteso che era così solo quando aveva compreso chi era il suo papà, quello che aveva conosciuto tardi, ma che le aveva dato tutto. Alla fine, sua mamma l'aveva consegnata al mondo e questo mondo era divenuto universo con la presenza di Alberto Montini nella sua vita, come se tra i due, la sua mamma naturale ed il suo papà adottivo, vi fosse stato uno scambio di testimone.

Ora l'ultimo staffettista, Alberto Montini, era giunto al traguardo e lei si trovava sola, priva di qualunque appiglio o aiuto, e comprendeva che avrebbe dovuto cavarsela da sola, anche se la presenza di quei due uomini aveva un effetto tranquillizzante. Per la prima volta poteva raccontare di lei dicendo il vero.

Di una cosa era certa: ce l'avrebbe fatta, perché la sua mamma ed il suo papà le avevano dato quello che le serviva per poter andare avanti. Non era importante l'aspetto economico, questo non costituiva un problema, perché Alberto le aveva lasciato di che vivere agiatamente. Il lascito più grande di quell'uomo, però, era quello emotivo: l'aveva nutrita d'affetto, le aveva fatto conoscere il mondo, non solo quello pre-

sente, ma anche e soprattutto, attraverso i libri, quello passato.
L'assordante silenzio fu interrotto da Andrea. "Giada, prosegui, ti prego".
"Volete sapere chi era Alberto Montini? Potrei risponderv semplicemente dicendo che per me era mio padre, il mio mondo, l'uomo che mi ha insegnato tutto, ma limiterei il campo. Una delle prime cose che mi ha detto è che la vita è la danza della propria unicità.
E la sua era quella di essere libero, totalmente libero.
Libero da regole e convenzioni, libero dal giudizio degli altri, libero dai paragoni, che definiva la morte dell'anima, libero di muoversi, di decidere, di desiderare e di avere.
Alla fine, credo che abbia avuto un solo grande interesse, quello per il sapere, poiché con la conoscenza lui raggiungeva la libertà.
Era un uomo curioso. Diceva sempre che lui non voleva morire ricco, ma curioso. Era per lui una sorta di necessità assoluta, cui tutto doveva piegarsi. E tutto si piegava.
Lui non faceva il truffatore perché non voleva lavorare, lo faceva perché con semplici artifizi si procurava il necessario per vivere, che per lui significava conoscere. Il suo modo di stare al mondo era incompatibile con un lavoro, con qualunque lavoro.
'Chi possiede il tuo tempo controlla la tua mente', questo diceva.

Quindi, appena arrivata qui mi spiegò che non potevo andare immediatamente a scuola e iniziò lui a darmi i primi insegnamenti.

Badate: lo sprezzo verso le regole era universale, per cui lui si era limitato alle scuole dell'obbligo. Non aveva diplomi né tantomeno lauree, ma iniziò ad insegnarmi rudimenti di italiano e matematica, per poi aggiungere lo studio delle lingue: l'inglese, il tedesco ed il francese, che Alberto, mio papà, aveva imparato da autodidatta".

Alla parola "papà", sul volto di lei scese una lacrima, che scese dall'occhio destro. Lei provvide ad asciugarla velocemente, quasi si vergognasse dello stimolo che la parola le aveva portato.

"All'età di dieci o undici anni conoscevo già quattro lingue, oltre alla mia originaria, senza contare che avevo già letto con lui i grandi classici italiani e internazionali.

Ma fu allora che iniziò la 'vera' conoscenza, perché papà iniziò ad erudirmi con la filosofia. Era quella la sua vera, grande passione: la ricerca del senso della vita e delle cose, che inseguiva come una persona beve l'acqua dopo esser passato dal deserto.

Iniziammo gli studi filosofici con la lettura diretta dei grandi classici: prima i greci antichi, poi via via i filosofi più attuali, sino ai contemporanei. La sua filosofia tuttavia si era fermata, come diceva lui, a Spinoza, di cui sapeva tutto e che incarnava alla perfezione il

suo essere: nessuna regola se non quelle che ci arrivano dalla natura, nessuna appartenenza perché qualunque appartenenza è un limite alla libertà.
Quando arrivai alla età di 14 anni mi fece costruire una vita anagrafica..."
"In che senso?" s'intromise Andrea.
"Nel senso che tramite uno dei pochi di buono che frequentava per 'lavoro', un tizio che lui chiamava 'artista' e che come gli altri ben si guardava dal portare a casa o dal presentarmi, fece redigere un mio atto di nascita da cui risultavo nata a Lavena Ponte Tresa in casa da una donna poi deceduta, un certificato di residenza, e perfino una posizione previdenziale ed un passaporto".
"Ma nessuno si è mai reso conto della falsità di questi documenti?" domandò Geremia.
"No, nessuno, mai. Non chiedetemi come, ma io risulto regolarmente all'anagrafe comunale come tutti voi e col quel passaporto ho viaggiato per tutto il mondo senza mai alcun problema.
Già, perché iniziammo a viaggiare. Ripeteva sempre una frase di sant'Agostino: 'Il mondo è un libro e chi non viaggia ne conosce solo una pagina'.
E così, a seconda delle sue passioni del momento, si partiva. Ci fu il momento dell'approfondimento storico su Napoleone e per un anno girammo Corsica, Elba, Parigi e Sant' Elena; poi ci fu Leonardo da Vinci con uno studio approfondito sul Cenacolo. E

quando dico approfondito intendo che, al mondo, nessuno avrebbe potuto competere in conoscenza sull'argomento.
Andammo ad Amboise a Vinci, eccetera, eccetera. E poi in Grecia, per Platone e Aristotele, e andammo almeno sette, otto volte ad Amsterdam per Spinoza.
Inutile dirvi che raccoglieva, studiava, catalogava tutto quel che poteva di costoro.
A volte, da ragazzina interessata alla cultura, ma anche presa da altre cose, gli chiedevo con quale finalità facesse tutto ciò.
'Siamo nani sulle spalle di giganti', mi rispondeva, con una frase che non ricordo più di chi fosse".
"John of Salisbury", si intromise Andrea. "Questa frase è sua".
"È vero, sì", rispose compiaciuta Giada. "In sintesi, sosteneva che solo conoscendo i grandi del passato possiamo sapere chi siamo noi oggi ed essere uomini del nostro tempo".
"Quindi quello che ci hai mostrato questa mattina è il frutto di questa vita assetata di conoscenza, rivolta al sapere fine a sé stesso?" chiese Andrea.
"Una volta mi disse che il suo sapere, la sua cultura erano e dovevano essere fini a sé stessi, e che la cultura è come una scala: devi salirla tutta, ma poi buttarla via, come a significare che alla fine non serve a nulla. Anche se poi aggiunse che era per quello che mi aveva adottata: per trasferirmi quel che più poteva".

"È stato Wittgenstein," la interruppe Andrea, "a dire: 'Le mie proposizioni fanno chiarezza in questo modo: colui che mi comprende, infine le riconosce sensate se è salito per esse - su di esse - oltre esse'. Si deve, per così dire, gettar via la scala dopo che vi si è saliti. 'Egli deve superare queste proposizioni; allora vede rettamente il mondo'".

Giada stupita fermò il racconto. "Sareste andati d'accordo".

Quella frase aprì ad Andrea un mondo interiore.

Non era quindi un caso.

Non era la sorte cieca ad aver fatto incontrare lui e quel morto. Non era un sogno il suo. Quella voce, che gli domandava qualche cosa di ancora ignoto, non era frutto di sua immaginazione.

Nel racconto Andrea intravvedeva affinità elettive, e per la prima volte si accorse che la sorte, alla fine, appaga i nostri desideri, ma a modo suo, per poterci dare qualcosa al di là dei desideri stessi.

Lui aveva inconsapevolmente cercato quel morto. Non era forse vero che quella domenica sarebbe potuto stare a dormire? Non era forse vero che al cenno del ciclista poteva anche non fermarsi? Non era altrettanto palese che nessuno gli aveva chiesto di avvicinarsi al morto?

Non era dunque un caso che fosse stato lui a rispondere a quella domanda, benché ancora non gli fosse chiaro quale fosse il quesito.

Del tutto improvvisamente, si inserì tra il discorso di Giada ed i pensieri di Andrea Geremia.
"Va bene, signora, abbiamo sommariamente inteso la figura di suo padre. Tuttavia noi siamo qui per trovare un colpevole per l'omicidio, quindi le chiederei se lei potesse dirmi qualche cosa delle sue attività illecite, poiché secondo noi," disse facendo cenno con la mano destra a lui e ad Andrea, "è in quell'ambito che potremo trovare risposta".
"Non so praticamente nulla di questa parte della sua vita. Posso solo dirvi che i soldi non sono mai mancati. Da dove provenissero, sinceramente, non lo so".
"Io quello che non so è se è questa la domanda a cui sono stato chiamato a rispondere", disse Andrea.
"Allora credo che qui abbiamo finito, vero, Andrea?"
Geremia si alzò di scatto, forse un po' indispettito da quella situazione che aveva in tutta evidenza preso più del lecito Andrea.
L'avvocato pareva stranito da quel che aveva visto e dal racconto, e senza dir verbo si alzò, seguendo l'amico.
I due uscirono dalla stessa porta che avevano usato per entrare, e istintivamente Andrea si voltò. Gli occhi di Giada erano lì ad attenderlo e, come avevano fatto prima, gli penetrarono l'anima.

Capitolo 24

"Dimme la storia de sto Giulio Cesare de noatri", insistette Matteo Ranzi con l'amico avvocato, sdraiandosi sulla sedia come a mettersi comodo per ascoltare un lungo racconto.
"Era un genio. Alberto Montini era un genio. Le assoluzioni nei processi che ha subito non sono mai state merito mio, ma della sua capacità di non lasciare mai tracce dietro sé".
"Sì, ma che faceva sto tizio?" s'intromise impaziente il poliziotto.
"Una cosa semplicissima: truffe. In pratica aveva creato un metodo per realizzare delle piattaforme informatiche di vendita online che copiavano le originali, per cui in internet, 'virtualmente'," disse, facendo il segno delle virgolette con le mani, "vendeva di tutto".
"Sì, ma nun è che la polizia postale sta lì a fa er vento..." s'intromise Ranzi.
"Che vuol dire?"
"Che la polizia postale è capace di fare indagini per risalire agli autori di queste truffe", specificò stizzito, e stranamente in italiano, Matteo.
"Non hai capito: era praticamente impossibile arrivare a lui. Ti spiego.
Lui creava una piattaforma digitale anonima: in

sostanza un programma che metteva in rete e copiava quelli ufficiali in tutto e per tutto. Scaricava questo programma su un supporto digitale e poi lo consegnava ad un suo complice, che andava a caricarlo sul web a volte in un bar, altre volte in una biblioteca, altre ancora in un internet point.
Un utente qualunque si collegava, ad esempio al sito di un noto marchio di abbigliamento, pensando di essere sul sito ufficiale, mentre era su quello del Montini; quindi sceglieva il capo di abbigliamento, lo acquistava e pagava con carta di credito.
Ma la merce non gli arrivava mai, e il pagamento andava direttamente su un conto cifrato in Svizzera.
Di tanto in tanto, il suo complice trasferiva il denaro ricavato da questo conto ad altri tre, anch'essi cifrati, dai quali il Montini andava a prelevare in contanti.
Bada: non ci andava mai lui, ma sempre questo suo 'collaboratore', che aveva una grossa fetta nell'affare.
Dunque nessun nome corrispondeva a chi aveva realizzato il programma truffaldino, nessun nome corrispondeva al conto corrente su cui andavano i pagamenti.
Senza nomi non ci sono colpevoli.
Tieni conto che poi il buon Montini cambiava programmi praticamente una volta al mese. Nel corso degli anni ha 'venduto' di tutto: abiti, auto d'epoca, moto, biciclette e chi più ne ha, più ne metta...
Succedeva che dopo un po' di tempo l'azienda truffa-

ta, quella originale, per intenderci, facesse denuncia. La polizia postale tramite l'indirizzo web arrivava ad una linea telefonica collegata ad un utente che con la vicenda non c'entrava nulla. E ovviamente questo utente non sapeva riferire chi avesse caricato tramite quella linea telefonica il programma sulla rete web, quindi da questo punto di vista l'indagine arrivava subito ad un punto fermo.
Ecco che allora la polizia investigativa partiva dall'altro capo, ovvero dai pagamenti. Vedeva che il denaro di chi comprava fittiziamente in internet un bene andava a finire su un conto Svizzero cifrato, ma ad esso non corrispondeva alcun nome. E anche qui, dal punto di vista digitale, l'indagine si fermava.
La polizia postale, tuttavia, cercava di verificare dove andassero a finire i soldi e quindi monitorava questo conto cifrato. Ad un certo punto da questo conto corrente partivano diversi bonifici verso altri conti cifrati in ogni parte del globo. Questi passaggi erano tutti di modico valore tranne uno, che era più cospicuo e veniva prelevato in contanti tre minuti dopo l'accredito, in modo che chi 'osservava' il conto non facesse in tempo a vedere fisicamente chi fosse il soggetto che effettuava il prelievo".
"Ma per quale motivo faceva tanti bonifici?"
"Semplicemente per depistare gli investigatori. Metti ad esempio che tu stai monitorando il conto cifrato in Svizzera numero X. Ad un certo punto, vedi che da

questo fantomatico deposito bancario partono dieci bonifici: uno per Tokio, uno per Nairobi, quattro per altrettante città Svizzere, due per banche delle Cayman, eccetera. Tu, investigatore, sai bene che in una di queste banche ci sarà una persona fisica che va a prelevare il denaro non appena sarà accreditato, ma non sai quale. E comunque non fai in tempo a far nulla, perché il denaro viaggia più veloce degli uomini della polizia postale".

"Ma un sequestro su 'sto conto, no?"

"Non è così semplice, perché le operazioni erano velocissime. È capitato più volte che la polizia postale e la procura chiedessero il sequestro, ma il provvedimento arrivava sempre il giorno dopo lo svuotamento del conto. In pratica: la burocrazia giudiziaria viaggia anche lei più lenta del denaro".

"In tutto questo nun sto a capì 'na cosa: com'è che lui era assolto? Sto a dì, se subiva i processi, in qualche modo a lui s'arrivava".

"Quelli della polizia postale mica sono fessi del tutto, per cui a livello indiziario avevano notato il ripetersi di operazioni informatiche e attività ad esse connesse in una certa zona che corrispondeva a dove Alberto abitava. Pensavano sempre di 'prenderlo in castagna' ed una volta hanno fatto un sequestro in casa sua. Ma dai supporti informatici non risultò nulla. Tieni conto che Alberto Montini è una sorta di fantasma per lo stato italiano".

"Che vor dì?"
"Nessun conto corrente, nessuna utenza, nessuna posizione previdenziale, neppure la tessera sanitaria".
"Sì, ma in quarche modo sto cristiano doveva sta ar monno".
"Qui la seconda parte della geniale condotta del nostro amico. Alberto abitava in una casa molto "ricca", e alla domanda su dove avesse preso il denaro per costruirla o per comprarsi i suoi 'giochini'..."
"Giochini de che?"
"Ad Alberto Montini piacevano le cose belle. Era un collezionista di libri antichi, orologi, auto, eccetera".
"Pure? E come li giustificava?"
"Ti stavo spiegando. Quando qualcuno gli domandava da dove prendesse il denaro per fare la vita che faceva, lui esibiva un testamento: un vero testamento, con tanto di pubblicazione notarile, di un tizio di cui non rammento il nome, ma deceduto in Brasile, che gli aveva lasciato una fortuna.
Anche qui gli investigatori cercarono di indagare ed effettivamente questo soggetto era esistito ed era ricco. Risultò deceduto a seguito di una rapina in casa, subita da delinquenti comuni in una sperduta città brasiliana. Pare fosse talmente benestante che il compendio ereditario fosse molto difficoltoso da inventariare, quindi non si è mai potuto escludere il fatto che parte di tale compendio sia stato lasciato con quel testamento ad Alberto Montini".

“Ma questa è ‘na storia surreale! Possibile che mai nessuno gli abbia chiesto dove teneva i sordi ereditati, visto che non aveva conti, eccetera”.

“Glielo chiesero, e lui rispose producendo un conto acceso presso una banca brasiliana da un fiduciario che lui aveva nominato là e che, di tanto in tanto, gli mandava dei vaglia postali in Italia. Titoli che lui regolarmente cambiava con denaro contante che poi teneva in casa.

Credimi, con quest’uomo non se ne arrivava mai ad una. Per quanto gli investigatori cercassero di incastrarlo aveva sempre un motivo, una risposta plausibile, un documento originale... insomma, una giustificazione. Ogni volta che veniva coinvolto, si trovavano costretti a dire che non c’erano prove sufficienti a sostenere una condanna”.

“Anvedi ‘sto stronzo”, disse Matteo.

“Son successe cose incredibili in questi anni riguardo Alberto Montini, ma lui arrivava da me sempre con tutti i documenti in ordine. Pareva una partita a scacchi: la procura della Repubblica accusava e lui aveva pronta la giustificazione, il giudice reiterava l’accusa e magari aggiustava il tiro e lui se ne arrivava con altri documenti. A un certo punto i giudici si concentrarono sul fatto che i documenti non potevano essere originali, ma niente: analisi su analisi confermarono la genuinità delle prove”.

“Bel soggetto che difendevi!”

“Matteo, io faccio l’avvocato penalista e tu sai come lo faccio”.

“Non volevo offenderti”.

“Nessuna offesa. Un penalista difende chiunque: nel momento in cui in una difesa fai entrare un giudizio tuo, soggettivo, diverso da quello tecnico, nel momento in cui in ambito difensivo introduci una materia diversa dal diritto, sia essa la filosofia o la psicologia, ancora, nel momento stesso in cui introduci un tuo giudizio morale sulla situazione, ecco, in quel esatto istante tu non sei più un avvocato penalista. Poi, se devo dirtela tutta,” aggiunse l’avvocato, “in questo soggetto mi ci ritrovavo pienamente”.

“Annammo bene...” disse sorridendo il poliziotto. “Spiegame”.

“Credo che il suo modo di intendere le cose sia esattamente uguale al mio”.

“Sticazzi! Mo’ m’hai da spiegà, perché un conto è fa l’avvocato e un conto è pensalla come’n delinquente”.

“Vedi, lui aveva...”

Capitolo 25

Andrea e Geremia camminavano lenti e silenziosi, con lo sguardo volto a terra. Salirono in auto sempre in silenzio, Andrea accese e si mise in strada a passo d'uomo.

"Non abbiamo cavato ragno dal buco", disse Geremia.

"Hai ragione".

"Vale a dire il soggetto è senza dubbio parecchio interessante, da scriverci un libro, però non abbiamo tratto molti indizi sulla parte della sua vita che a noi interessa".

"D'altro canto, è comprensibile che abbia tenuto la figlia all'oscuro dei suoi traffici illeciti, preservandola da ogni problema che la conoscenza dell'ambiente malavitoso avrebbe potuto causarle. Diciamo che per la parte delinquenziale del soggetto," proseguì Andrea, "ho dato incarico di fare qualche indagine a Matteo, vediamo che ne esce".

La macchina correva lenta, come i loro pensieri che elaboravano quanto avevano visto ed udito, senza tuttavia riuscire a consolidare una logica della persona.

Al dunque - pensava tra sé e sé Andrea - Alberto Montini era un intellettuale caratterizzato da uno spregio assoluto di qualunque regola del vivere sociale, che aveva costruito e fatto della sua vita ciò che

aveva voluto senza che mai sostanzialmente nessuno gli impedisse di porre in essere le sue regole.
Il pensiero si fermò. Quasi Andrea si stava impaurendo per quello su cui aveva riflettuto.
Poi spontaneamente ed a voce alta disse: “Un uomo libero”.
Questo concetto, della libertà, era sempre stato equivoco nella mente dell’avvocato Stili. Aveva sempre pensato che la libertà assoluta non esistesse. Puoi volare? si diceva. No, dunque non sei libero in assoluto perché le leggi della natura già ti vincolano.
Poi - rifletteva sempre tra sé e sé - ci sono le regole umane, quelle del diritto, che l’uomo si è imposto, e anche quelle sono sempre e comunque un limite. Queste seconde, tuttavia, al contrario delle prime erano discrezionalmente violabili. Ciascuno, quindi, potrebbe vivere senza nessuna regola sociale, come più gli aggrada, subendo le conseguenze del proprio comportamento anarchico.
Generalmente chi compie, consapevolmente o meno, una scelta di questo tipo finisce ai margini della società e si ritrova, spesso, allo stato di mendicante in qualche stazione ferroviaria. La cosa singolare di Alberto Montini era che lui ce l’aveva fatta: non solo aveva vissuto nella libertà sociale più assoluta, ma era riuscito anche a mantenere un elevato livello di benessere ed a realizzarsi secondo le sue inclinazioni.
Una vita perfetta se non fosse per quella morte tragica.

Ma la morte, si sa, quando arriva non ha nome, né indirizzo. Ti coglie così, semplicemente, e per chi la subisce poco conta che arrivi da una malattia, da uno sparo o da un affilato coltello.
Dunque Alberto Montini, indipendentemente dal giudizio sociale sul soggetto, era stato un uomo realizzato: aveva compiuto integralmente il suo essere.
Accompagnato da questi pensieri e dall'amico di sempre, Andrea Stili faceva procedere passivamente la sua Mini Cooper rossa verso l'imbarcadero di Laveno.
Il lago era parte di lui, ma questa volta si trattava di un altro lago, il Ceresio, unito al suo dal corso di un fiume, in una continuità che lo portava a scoprire che cosa voleva da lui un uomo morto.

Capitolo 26

Era passato qualche giorno dall'incontro con Giada, e Andrea aveva sentito l'amico Matteo Ranzi che, tra una espressione romanesca e l'altra, l'aveva reso edotto delle sue poche indagini e del suo lungo incontro con Carlo, l'amico avvocato, che per tante volte aveva difeso Alberto Montini.

Andrea si era soffermato su una circostanza che era sfuggita all'abile investigatore.

Matteo, infatti, assieme all'avvocato, aveva considerato la possibilità degli investigatori di verificare le truffe poste in essere da Alberto Montini dai due lati opposti: il primo partendo dai programmi fasulli che venivano posti sul web, che non portavano a nulla poiché posti in essere tramite indirizzi internet non riferibili al Montini; il secondo partendo dalla fine, ovvero dai pagamenti, che non portavano a nulla data l'abilità del Biffo di nascondere e prelevare il denaro frutto dei raggiri.

C'era tuttavia un ultimo elemento su cui, inaspettatamente, né gli investigatori né l'avvocato si erano mai soffermati: il complice.

Alberto Montini poneva sul web i programmi truffa attraverso un complice che si spostava in un'altra città ed accedeva a delle reti pubbliche per attivare il sito trappola che aveva creato. Poi verosimilmente lo

stesso soggetto andava, sempre su incarico del Biffo, a recuperare il denaro.
Nessuno s'era mai domandato chi fosse costui, che rapporti avesse col suo capo e che fine avesse fatto dopo l'omicidio.
Andrea quindi chiamò Matteo Ranzi, chiedendogli di tornare dal suo amico avvocato per approfondire il tema.
"Te stai pe approfità", fu la risposta.
Ma Andrea sapeva benissimo che ormai l'amico s'era appassionato al caso, e che non avrebbe mollato il colpo sino all'esito dell'indagine.

Capitolo 27

Se ne andava nervoso a bordo del lago, con la testa china verso il basso, le braccia incrociate dietro la schiena ed i piedi a spazzare ogni sassolino che incontrava. Pareva un'anima in pena in cerca di una risposta.
Pensava, ed il suo pensare non era cosa qualunque.
In fondo, Geremia Noè detto il Ciccio era un matematico. Non uno qualunque, ma uno il cui seme sapeva, sin dalla nascita, di numeri, equazioni e problemi da risolvere. Che poi lui avesse trasportato questa sua attitudine alle vicende umane era considerazione da poco: i suoi neuroni, le sue sinapsi, funzionavano sempre nello stesso modo.
Il collegamento era a fatti e persone: ciascuno aveva la sua logica, e il suo gioco era intravvederne una in ogni persona. Per questo non gli dava pace pensare ad Alberto Montini, l'uomo senza regole, come almeno appariva.
"Ci sarà un punto, qualche cosa che ci conduce dove vogliamo andare nella vita di quest'uomo", pensava. "Voglio dire, una vita all'apparenza così perfetta, fatta di libri, di studio, di cultura, e nel lato oscuro così torbida: truffe, contatti malavitosi e soldi".
In fondo lo invidiava, Alberto Montini, perché aveva disegnato la propria vita seguendo le sue passioni e

non le regole degli altri. Lui, Geremia, non c'era riuscito, ed anzi era stato sempre trasportato da una marea più grande di lui, a cui a volte s'era abbandonato, lasciandosi trasportare, e contro cui altre volte aveva vanamente nuotato, e da cui solo per fortuna era stato sbattuto su un'isola con clima mite, dove in fondo stava bene. Ma non aveva condotto nulla da sé.
Il Biffo invece era stato, almeno sino alla sua morte, un perfetto condottiero della sua imbarcazione, la cui rotta erano le sue passioni. Montini aveva avuto la capacità di adeguare a questo l'intero oceano intorno a sé.
Come non nutrire ammirazione profonda per un essere del genere?
Camminava così assorto in questi pensieri quando decise di fermarsi. Si sedette su un muricciolo. Di fronte a lui una panchina su cui stavano due studenti. Poco più avanti il lago col suo quieto incedere.
La ragazza stava sulla panchina con le gambe poggiate su quelle di lui che, con un libro aperto in mano, tentava di spiegarle con convinzione un concetto.
"Il numero di Sheldon. Un numero di questo tipo è anzitutto un numero primo, ossia è divisibile solo per uno e per se stesso, e poi gode di due proprietà fondamentali: per prima cosa, il prodotto delle sue cifre coincide con la posizione che occupa nell'elenco dei numeri primi, e in secondo luogo invertendo le cifre si ottiene un altro numero primo, la cui posizione

coincide con quella iniziale a cifre invertite"
"Troppo cervellotico", intervenne Geremia. "Proviamo con un esempio e prendiamo un numero primo a caso: il 73. La moltiplicazione delle due cifre 7 e 3 dà come risultato 21, e infatti il numero 73 è il ventunesimo numero primo. Come se non bastasse, se leggiamo le cifre da sinistra a destra otteniamo il numero 37, che è di nuovo un numero primo. E infine, 37 non è un numero primo qualsiasi, ma proprio il dodicesimo numero primo, dove 12 è il numero che si ottiene leggendo 21 a cifre invertite. Per questo il teorema di Sheldon è detto teorema perfetto".
Già, in matematica tutto combacia sempre. Ma nella vita reale...
Poi, un'illuminazione.
Si diede del cretino; che dire di più, come non pensarci?
"Sono un idiota, un idiota, un assoluto e autentico idiota", disse a voce alta, tanto che i ragazzi, che già lo guardavano stupefatti, pensando che si riferisse a quanto spiegato si affrettarono a dirgli: "Ma lei ha spiegato benissimo".
"Scusate, non mi riferivo a voi", disse, andandosene di fretta.

Capitolo 28

Matteo Ranzi era tornato dall'amico Carlo Criscito. S'era sentito in dovere, questa volta, di invitarlo a pranzo, e decise per la locanda romanesca "Volemose bene", poiché sapeva che Carlo amava follemente la pasta cacio e pepe.
Giunse in via della Moscova in prossimità del locale, ed attese Carlo fuori con in bocca la solita sigaretta.
L'avvocato arrivò con la sua BMW GS 1250 gialla, con una furia che rendeva palese il senso di colpa per il ritardo.
"Scusa, mi spiace arrivare in ritardo, ma come al solito sono stato trattenuto in udienza".
"Nun te preoccupà. So' abituato a Roma, col più o meno pe' gli appuntamenti".
Carlo rise ed i due entrarono nel locale.
Matteo era di casa. Il proprietario lo salutò affettuosamente, lui di contro chiese due cacio e pepe "che fan resuscitare li morti".
Si accomodarono al tavolo.
"Senti, avvocato, n'artro avvocato," disse Matteo, per poi proseguire inaspettatamente quasi in italiano, "me ha fatto notare che nessuna indagine de quelle che hai seguito tu relativa ar Montini ha mai fatto verifiche partendo dar complice. Che hai da dirmi?"
"Quella del complice del Montini è una bella storia,

ma finisce presto..."
"In che senso?"
"Nel senso che l'unico che sa qualche cosa di questo complice lo hai di fronte. Ti preciso che l'unica cosa che conosco di sto tizio è 'Arnold'".
"Nun te seguo".
"Alberto Montini era una persona riservatissima: non parlava mai, e dico mai, di sé stesso e molto raramente di altri.
Un giorno ci trovammo a preparare la difesa di un processo che era andato male in primo grado: gli avevano appioppato tre anni e quattro mesi di carcere. Mentre parlavo con lui, gli dissi che la nostra linea aveva una falla laddove l'accusa avesse dimostrato la sua presenza nei pressi della banca dove furono ritirati i soldi. Conoscendo il soggetto, gli precisai che spesso vicino alle banche sono posizionate delle telecamere e che, se una di queste lo avesse ripreso, saremmo stati fottuti.
La sua risposta fu perentoria. 'È impossibile'.
Gli chiesi perché, e lui mi spiegò: 'Perché in quella banca non ci sono mai entrato: il conto è stato attivato dal mio complice, chiamiamolo Arnold per semplificare, e sempre Arnold è andato a ritirare il denaro'.
Ecco, penso che in tutti i processi fatti l'unica cosa che è emersa di questo complice sia un soprannome, e cioè Arnold. La ragione di questo soprannome non la conosco. Ed altro non so.

Anzi sì, ricordo che mi disse Arnold il benedetto, presumo perché era uno fidato".
Matteo non disse nulla, ed il pranzo proseguì su altri temi. Appena fuori dal ristorante salutò l'amico avvocato, e chiamò Andrea Stili per riferirgli l'accaduto.

Capitolo 29

Geremia andava a passo svelto, alternando una camminata veloce ad una corsa. Giunse in prossimità del portone del condominio in cui Andrea Stili aveva lo studio, e lo trovò aperto.
Senza suonare salì sino ad arrivare dall'amico. Aprì. Salutò velocemente la segretaria di Andrea e si fiondò nel suo ufficio.
"Ti devo dire una cosa".
"Sì, ma prendi fiato che se no muori prima di dirmela".
"Siamo due imbecilli, due assoluti idioti".
"Parla per te", rispose ridendo Andrea.
"Hai ragione, tu sei un leguleio e il ragionamento non ti appartiene. L'imbecille sono io che dovrei ragionare su queste cose".
"Vieni al dunque".
"Che cosa sappiamo di Alberto Montini? Numero uno: era un uomo intelligente. Con una intelligenza sopra la media. Numero due: era una persona estremamente riservata. Di lui persino il suo avvocato conosce pochissimo. Numero tre: era una persona scaltra: non a caso non è mai stato condannato per alcuno dei reati fatti".
"Bene, e fatte queste considerazioni?"
"Che cosa abbiamo trovato di lui? Il suo corpo ed una sola traccia: l'acquisto all'asta dell'originale del

'Tractatus Theologico-Politicus' di Spinoza. Eppure a casa sua aveva altri libri originali acquistati all'asta, persino di Spinoza, ricordi? Nella teca di sinistra ci stava l'originale dell''Ethica ordine geometrico demonstrata'. A ben vedere questo secondo manuale è ben più importante dell'altro. Invece niente, neppure sul web, nessuna notizia.
Aggiungo: ricordi che quando siamo andati a casa sua il libro, il 'Tractatus', stava aperto nella teca con un segnalibro al capitolo 14? Sai di che parla il capitolo 14 di quel libro?"
"Non ne ho la più pallida idea".
"Della fede religiosa e dell'utilità della religione".
"E quindi?" chiese spazientito Andrea.
"Ricordi che cosa ci disse il parroco quando andammo a parlagli?"
"Disse che aveva avuto un solo contatto con Alberto nel corso degli anni, e che lui gli aveva detto che avrebbe avuto piacere di vederlo in chiesa, ma che la risposta era stata 'invidio la sua fede'".
"Capisci?"
"Capisco che sei un po' agitato, e che ti devi calmare. Che cosa devo capire da tutto questo ragionamento?"
"A voi avvocati un corso di logica all'università farebbe davvero bene! Non capisci? Alberto Montini ci sta guidando. È lui che sta conducendo l'indagine, non noi. Lui sapeva che avremmo trovato l'indicazione sull'acquisto all'asta del manoscritto. D'altro canto era un

ottimo informatico e non gli sarebbe costato nulla cancellare questa notizia dal web, come verosimilmente ne ha cancellate altre.
Aveva anche previsto che non essendoci altre informazioni online su di lui, chi avrebbe indagato sarebbe andato sul campo e avrebbe chiesto a qualcuno che era punto di riferimento in paese, quindi il parroco.
Ti pare forse un caso che uno lasci un manoscritto da cinquecentomila euro in una teca con un volgare post-it all'interno? Può essere forse un caso che l'unico indizio che abbiamo trovato è l'acquisto all'asta di quel manoscritto?"
D'un tratto Andrea realizzò. "Geremia, sei un genio. La risposta è lì nel manoscritto. Dobbiamo tornare subito in quella casa".
"Aspetta", replicò Geremia. "Prima andiamo a parlare con Maresciallo dei Carabinieri di Lavena Ponte Tresa, perché a mio avviso potrebbe darci ulteriori indizi".

Capitolo 30

Pioveva quel giorno a Verbania, e chi non ha visto piovere sul Lago Maggiore, non ha mai visto la pioggia.
Le case sgocciolavano, come se sudassero. L'acqua non cadeva solo dal cielo, ma sembrava uscire dai muri e salire dalla terra. I colori erano tanto cupi che, a ricordarli ieri col sole, non li si poteva riconoscere. Attraverso il vetro dell'auto si intravvedono paesi dalla forma oleosa, disturbata solo dal vai e vieni del tergicristallo. Benché non sia ancor freddo, addosso si avvertono i brividi ed un senso insistente di stanchezza, una noia opprimente.
Con questo stato d'animo i due amici si erano trovati all'imbarcadero di Verbania con direzione Lavena Ponte Tresa.
Geremia indossava un piumino senza maniche ed aggrottava le spalle, quasi che l'umidità gli salisse dalle braccia lasciate scoperte dal capo. Manifestava un'evidente impazienza di andare, arrivare e chiedere al milite notizie di Alberto Montini, poiché così avrebbe avuto conferma della sua teoria.
Andrea comprendeva lo stato d'animo dell'amico.
"La fretta è uno dei peggiori nemici del nostro cervello".
"Parli tu che a momenti mi facevi tornare a nuoto

dall'Isola dei Pescatori, tanto avevi fretta".
Risero.
Avevano fissato appuntamento col Maresciallo alle 10.30 del mattino di quell'uggiosa giornata.
Andrea suonò il campanello della caserma, s'annunciò ed un rumore metallico aprì la porta elettrica. Dopo qualche minuto d'attesa, un militare li invitò a seguirli.
Si trattava di un uomo alto, piuttosto "massiccio". Sul tavolo c'era scritto "luogotenente Ciro Miretti".
Il milite si sedette sulla sua poltrona accavallando le gambe, con le mani incrociate sul ventre e la schiena ben poggiata all'indietro. Non indossava la divisa, ma un dolcevita color carne.
"Buongiorno, signori. Ditemi pure a che devo il piacere della vostra visita".
L'impazienza di Geremia ebbe il sopravvento su Andrea. "Siamo qui per parlare di Alberto Montini".
"Ho ben poco da dire su quell'uomo, se non che è stato indagato più volte, ma è sempre stato assolto per i reati che gli venivano attribuiti. Aggiungo che dal mio punto di vista, di comandante di stazione intendo, è un cittadino modello: mai una segnalazione, mai un diverbio col vicino, tutto sino alla sua morte che, tuttavia, non cade sotto la mia giurisdizione essendo di competenza della caserma di Porto Ceresio. Insomma, temo di non potervi aiutare molto".
Lo sguardo di Geremia si fece scuro: palesava in viso

tutta la sua delusione.
"Comandante," intervenne Andrea senza mezzi termini, "stiamo seguendo una pista d'indagini e crediamo che il Montini ci abbia lasciato degli indizi da seguire. Ecco, intuitivamente uno di questi ci ha portato a lei. Potremmo anche sbagliarci, ma ci sarebbe molto utile sapere se lei, prima che fosse ucciso, ha avuto qualche contatto con il Montini".
"Avvocato, lei sa bene che se avessi avuto un contatto o se avessi qualche indizio o, ancor di più, qualche prova relativa all'indagine in corso, non potrei proferir parola. Quindi scusatemi, ma devo congedarmi da voi".
"Non mi permetterei mai di chiederle di violare il segreto istruttorio," insistette Andrea, "ma per noi è sommamente importante sapere anche solo se lei ha avuto un contatto, ancorché sporadico, in prossimità dell'evento. Credo che questo lei ce lo possa dire".
"Diciamo che qui dentro non l'avevo mai visto, ma che è venuto a vedere come stavo due giorni prima del decesso. Vi basta?"
"Le siamo infinitamente grati".
Il colloquio era andato nel senso sperato da Andrea e Geremia. Certo, se chi avevano di fronte avesse detto loro qual era stato il tema dell'incontro le loro indagini sarebbero state facilitate, ma non potevano pretendere che un milite venisse meno ai propri doveri davanti a due sconosciuti.

Alla fine avevano avuto la conferma che cercavano: Alberto Montini verosimilmente conosceva l'identità del proprio assassino e li stava guidando nell'indagine.
"Torniamo a casa sua?" chiese Andrea.
"Ora sì. Dobbiamo assolutamente vedere quel libro", fu la risposta di Geremia.
Mentre si incamminavano, Andrea raccontò all'amico dell'esito delle indagini condotte da Ranzi.
"Sai che mi ha detto Matteo?"
"In merito al fatto che le indagini non sono mai partite dal complice?"
"Sì, mi riferisco a quello. Mi ha detto che nessuno sa il nome di questo complice e che quando per ragioni difensive lo dovevano tirare in ballo lo chiamavano Arnold.
Pare che il Montini avesse anche il senso dell'ironia, e dato che questo complice gli aveva tolto parecchie volte le castagne dal fuoco, dice il suo avvocato che lo definiva 'Arnold il benedetto'".
"Chi l'ha chiamato Arnold il benedetto?" chiese impaziente Geremia, fermandosi un mezzo alla strada e prendendo Andrea per un braccio.
"Lui, il Montini. Matteo mi ha detto che quando dovevano riferire una circostanza in cui centrava il complice, Alberto Montini lo chiamava così. Suvvia, è un nomignolo..."
"Come fa la tua testa incolta a non capire, cazzo!"
"Senti, Geremia, sta indagine t'ha preso male. Se non

vuoi portarla avanti..."
"Benedict Arnold, il generale che tradisce George Washington e la causa dell'indipendenza americana. Cazzo! Aveva previsto tutto. Arnold era il suo complice e lui sapeva che prima o poi l'avrebbe tradito".
Andrea impallidì.
Se Geremia aveva ragione, se quel libro trovato come primo indizio aveva un senso, se quel nomignolo poteva avere ancor più senso, allora erano di fronte ad un genio assoluto: era difatti indubbio che Alberto Montini aveva previsto il tradimento e li stava guidando verso il suo assassino.

Capitolo 31

Geremia Noè detto il Ciccio era un matematico ed aveva una mente analitica.
Chi ha questa mentalità somiglia a un cuoco ben organizzato che, prima di mettersi a cucinare, deve avere a disposizione tutti gli ingredienti, pesati uno ad uno, disposti su un tavolo ben disposto in ordine logico rispetto alla ricetta. A fianco devono esserci tutti gli strumenti necessari a lavorare gli ingredienti, anch'essi assettati secondo precisa logica. Chi non riconosce questi canoni, semplicemente non è un analitico.
Andrea aveva sempre saputo che Geremia funzionava così, anche se pensava che questa modalità dovesse essere una specie di condanna per chi la sopportava.
Non appena l'investigatore aveva capito che Alberto Montini li voleva condurre nell'inchiesta e che il primo passaggio era quel libro, o meglio il capitolo quattordici di quel libro, s'era recato in libreria a comperarne una copia.
Reperire il tomo non era stata cosa agevole, tant'è vero che, non avendolo trovato a Verbania, s'era dapprima accontentato di prendere l'Ethica di Spinoza, dato che il libraio gli aveva detto che "la porta di casa Spinoza è l'Ethica: se non si passa da lì non si comprende il resto".
Tornato a casa aveva immediatamente ordinato il

Tractatus su un sito internet, e s'era messo a leggicchiare l'altro tomo.

"Ethica ordine geometrico demonstrata" era il titolo completo, e lo aveva tratto in inganno facendogli pensare ci fosse un'attinenza ai numeri. Quest'dea fu immediatamente disattesa dalla prefazione, ove stava scritto che "per comprendere Spinoza occorre occhio vigile e cuore notturno".

Non ci cavò molto, difatti, dall'Ethica, ma già il giorno dopo aveva in mano quello che a lui interessava, ovvero il "Tractatus Theologico-Politicus".

Senza neppure pensarci si fiondò al capitolo quattordici e ne iniziò la lettura.

In questo capitolo il filosofo parla di "fede" indicando la "dogmatica minimale", ovvero ciò che ogni uomo che abbia fede deve saper rispettare per definirsi tale. Prima di tutto, però, all'inizio di questo capitolo Spinoza fa una dimostrazione.

Questa prova fece comprendere immediatamente a Geremia il motivo per cui, per Alberto Montini, questa parte dello scritto fosse di fondamentale importanza. Spinoza, difatti, con delle citazioni bibliche dimostrava che per Dio non era importante che lo si comprendesse nella sua vera essenza, ovvero per come realmente era. Proprio come per Alberto, all'apparenza bieco truffatore, da tutti così percepito, ma nella realtà fine cultore di testi filosofici, seppur in segreto. Dunque non era un caso se Alberto aveva indicato quel libro e quel capitolo, poiché in esso stava una similitudine alla sua essenza: era un fine cultore filosofico senza che avesse importanza un riconoscimento sociale di tale stato.

Del resto, leggicchiando qua e là, anche la stessa vita del filosofo somigliava a quella di Alberto. Spinoza era difatti una persona molto schiva, che per vivere faceva il lucidatore di lenti ottiche. Non amava le congregazioni né le associazioni di persone, riteneva che ogni appartenenza limitasse la sua libertà. Addirittura aveva subito un tentato omicidio da cui era miracolosamente scampato.

Con queste nozioni, Geremia si stava recando nuovamente a casa di Alberto per visionare finalmente il libro al capitolo quattordici, certo che avrebbe trovato la risposta a quanto, apparentemente, affliggeva Andrea.

Ed ora aveva anche un altro indizio: il complice, Arnold, che era sinonimo di traditore.

Geremia era sicuro di essere vicino alla soluzione del caso: oramai gli indizi erano chiari, precisi e concordanti.

Capitolo 32

Giunsero a bordo dell'auto di Andrea sin davanti al cancello di casa Montini.
La frenesia di Geremia batteva qualunque foga, tanto era certo che da lì a poco avrebbe trovato la soluzione del caso. Pareva lo scienziato consapevole della scoperta del secolo, che frigge lavorando giorno e notte, persuaso che la soluzione è lì, proprio lì, a meno di un passo.
Giada aprì la porta ed i due entrarono.
Andrea la guardò. Portava una maglia attillata nera e un paio di jeans. I capelli lunghi sulle spalle ed un grande sorriso erano lì ad accoglierli.
Andrea ebbe immediatamente la sensazione che lei, lì, in quel momento, fosse "casa", ma l'impazienza di Geremia vinse le sensazioni ancestrali dell'avvocato Stili.
"Scendiamo?" s'affrettò a dire.
"Mi volete spiegare che succede?"
Andrea prese a parte Giada. "Crediamo di aver intuito qualcosa: tuo papà ci ha lasciato degli indizi che ci aiuteranno a trovare chi l'ha ucciso. Ti faccio una domanda: tu sai chi era Benedict Arnold?"
"Sì che lo so. Mio papà amava la storia americana e si era 'invaghito' di questo strano soggetto che aveva grandi qualità, ma altrettanto grandi difetti caratte-

riali. Era un comandante coraggioso, un trascinatore molto amato dalle sue truppe, che contribuì con gloriose imprese alla guerra d'indipendenza americana, ma anche un uomo spigoloso, insofferente alla gerarchia ed estremamente irascibile. Questi difetti lo portavano a continui litigi con gli altri comandanti, trascinandolo verso il tradimento. Insomma, prima di tradire la causa americana fu tradito lui stesso dal suo pessimo carattere".

Avevano avuto l'ennesima conferma: quando si trattava di Alberto Montini nulla era un caso. Tutto corrispondeva a un preciso e lineare piano e loro, ormai ne erano certi, stavano trovando tutti i pezzi del "puzzle" che dovevano andare a comporre e che li avrebbe portati al nome dell'assassino.

"Tu sai che tuo padre chiamava Arnold il suo complice?"

"No, questo non lo sapevo assolutamente. Non l'ho mai sentito pronunciare quel nome se non quando abbiamo letto la storia del generale".

"Dobbiamo scendere", disse Geremia. "Il libro ci darà la risposta che cerchiamo".

"Per favore," chiese Andrea, "scendiamo in biblioteca. Prendi le chiavi della teca dove sta il Tractatus".

Giada obbedì e condusse i due nella stanza.

Geremia si avvicinò alla teca dove giaceva il prezioso manoscritto. Aprì la serratura.

"Non così", si sentì dire da Giada, che gli passò un

paio di guanti bianchi di cotone.
Geremia li indossò e con la massima cura estrasse il libro dal suo rifugio. Lo posò sul tavolo e sempre con attenzione aprì il manoscritto là dove c'era il post-it.
"Caput quattuordecim..."
Geremia maneggiava quel libro come fosse la reliquia di San Gennaro il 19 settembre: con la stessa ansia con cui i fedeli napoletani attendono che il sangue si sciolga, lui cercava la risposta al suo enigma.
È strano pensare come la mente di un matematico proceda. L'aspettativa non era tanto rivolta a trovare il colpevole di un omicidio, quanto a trovare conferma al ragionamento logico che era stato impostato nella sua mente. Se, infatti, quel libro, quel capitolo, avesse portato alla soluzione del problema, significava che lui, Geremia, aveva inteso l'arcano, l'aveva svolto e l'aveva risolto, esattamente com'è d'uopo fare con un problema matematico o con un rebus enigmatico. Altrimenti sarebbe stata una delusione.
Poggiò il tomo sul tavolo e iniziò a scorgere la prima pagina. Sapeva di sacro quel tomo scritto a mano, proprio di pugno, con penna e calamaio ed in latino, da Spinoza nel 1670 o giù di lì. Geremia e Andrea capivano di aver tra le mani qualche cosa di prezioso, il cui valore dipendeva del tutto relativamente dal prezzo pagato ad un'asta in chissà quale parte del globo da un filologo appassionato di Spinoza.
L'impressione che entrambi avevano, solo guardando

il libro, era che fosse ancora vivo. Come se le idee che erano state scritte costituissero eterna vitalità.
Non potevano, tuttavia, farsi distrarre dal sentimento: dovevano cercare un assassino e, finalmente, la risposta alla domanda di Andrea, sempre che la domanda fosse quella.
Geremia portò la mano destra con guanto davanti alla sua bocca e si avvicinò con gli occhi alla prima pagina del capitolo quattordici.
Partì dall'alto e scrutò lo scritto riga su riga. Passò poi alla seconda pagina con la stessa pervicace ossessione. Poi la terza, e via via le pagine seguenti.
Nulla!
Non si faceva persuaso.
"Hai una lente d'ingrandimento?" chiese Geremia a Giada.
"Certo", rispose lei, aprendo una cassettiera che stava proprio sotto al tomo, seminascosta nel tavolo, e porgendogli la lente.
"Strano", disse Andrea. "Spinoza è passato alla storia come il 'lucidatore di lenti' sia perché per vivere costruiva lenti ottiche, sia per la sua filosofia che sembra chiarire con un metodo innovativo il fulcro della filosofia. Ed ora noi siamo qui a guardare un suo manoscritto, proprio scritto da lui, con una lente ottica..."
"Come sei romantico!" rispose Geremia. "Ma dobbiamo cercare un assassino, e faresti quindi bene a

darmi una mano, anzi un occhio, affinché non mi sfugga nulla".
Andrea chinò il capo verso la lente.
Ripassarono più volte una pagina dietro l'altra, prima in un verso, poi nell'altro; addirittura lo capovolsero e cercarono di leggerlo da destra verso sinistra come fosse uno scritto di Leonardo Da Vinci.
Nulla!
Nessun segno, nessuna indicazione, nessun dettaglio. Niente di niente attirava la loro attenzione. Lo scritto era intatto, così come lo aveva fatto l'autore, con la grafia del medesimo quasi illeggibile, in quella sorta di latino evoluto che veniva utilizzato all'epoca come lingua internazionale dai cultori delle varie scienze.
Andrea e Giada tolsero presto gli occhi dal prezioso scritto, certi che nulla v'era da ricavarne. Geremia stette sul tomo ore ed ore.
Nulla! Il nulla più assoluto.
Fu Andrea a dire a Geremia di lasciar perdere.
"Eppure non posso essermi sbagliato", disse sconsolato Geremia, prima di riporre il libro nella teca esattamente come l'aveva trovato, come se non fosse stato in alcun modo violato da mano umana, indegna di tenere tale preziosità.
Tornarono sopra. Giada offrì loro un tè caldo ed una fetta di torta di mele che aveva appena sfornato.
I tre erano silenti. Di tanto in tanto Geremia scuote-

va il capo, incredulo su come la sua teoria avesse trovato morte in un libro così vivo.

"Non mi capacito, ci deve essere sfuggita qualche cosa", disse mestamente.

"Credo," rispose Andrea, "che abbiamo solo una possibilità per risolvere questa questione: dobbiamo partire dal complice e cercare tramite Matteo di trovare qualcosa su questo Arnold, perché in un modo o nell'altro è l'unico che può farci comprendere il lato oscuro della vita di Alberto.

Se ben ci pensi sin ora noi abbiamo guardato solo un aspetto della vita di quest'uomo, ma l'ambito che abbiamo visto non è certo quello che l'ha condotto a morte. Credo sia tempo di dare uno sguardo approfondito all'altro. Se nemmeno lì troveremo nulla, occorrerà farci una ragione del fatto che il caso sia irrisolvibile".

Giunto in studio a Verbania, Andrea come prima cosa chiamò Matteo Ranzi per aggiornarlo sugli eventi e per chiedergli di approfondire l'unico appiglio che era loro rimasto.

Capitolo 33

Era abituato a lavorare sui dettagli, Matteo Ranzi. Aveva costruito una carriera su indagini e dettagli che ad altri parevano insignificanti, ma che per lui, istintivamente, non lo erano.
Era, lui, un investigatore in completa antitesi rispetto a Geremia: matematica applicata al delitto il Ciccio, istinto puro Matteo.
Questa volta però pareva troppo anche per lui.
Trovare una persona conoscendo solo il soprannome era missione quasi impossibile. Tanto più che non sapeva neppure se quello fosse il soprannome comune del soggetto o solo il modo con cui lo chiamava Alberto Montini.
"Ce devo provà", penso tra sé e sé.
Aveva in mente di prendere i fascicoli dei processi che vedevano coinvolto Alberto Montini per analizzarli uno ad uno e verificare se, tra le pieghe delle indagini, fosse rimasto un particolare non approfondito, un elemento casuale che poteva portarlo almeno a risalire al complice del Montini.
Conosceva persino la persona adatta a quel tipo di incarico.
Dall'ufficio di Matteo si levò un grido:
"Picarooooooo".
"Comandi".

Felix Pichler si presentò in meno di un secondo, sull'attenti davanti al suo comandante.
"Nun basta mai ditte che sto cazzo de' comandi e sull'attenti te li devi ficca..."
"Scusi, capo".
"Me devi fa un lavoro".
"Urgente?"
"No, pe' ieri. Te ricordi quei fascicoli de Montini che era assolto sempre. Ecco, tra le pieghe: me devi guardà tra le pieghe".
"Sì, ma per cercare cosa?"
"E su via, Picarello mio! Se sapessi che cazzo cercà mica te lo domannavo, no? Me pigliavo er fascicolo a pagina tot e me trovavo la risposta a li miei sonni morti".
"Sonni che?"
"All'insonnia, in italiano. Insonnia, Picaro. Allora, tornammo a bomba. Me vai, me guardi i fascicoli uno ad uno e me trovi chi era er complice, per intenderci quello che annava in banca a ritirà gli scudi, i dindi, i sordi insomma".
"In italiano si dice soldi, con la L capo non con la R".
"Ma vedi da annattene a pigliallo in..."
Pichler fece un sorriso: alla fine quel comandante gli piaceva un sacco con questi suoi modi approssimativi che tradivano un intuito ed un rigore investigativo di primissimo livello.
Senza dir altro, uscì dall'ufficio per recarsi nello scan-

tinato del tribunale, dove erano tenuti, in attesa della discarica, i fascicoli archiviati con sentenza passata in giudicato.
Trovò fortunatamente tutti gli incartamenti “Montini” radunati in dieci enormi faldoni, uno vicino all’altro. Era strano - pensò - trovarli in quel modo, poiché solitamente venivano archiviati per anno e per numero di repertorio: era un segno evidente che qualcun altro ci aveva già messo mano. O che magari ci stava ancora mettendo mano.
Iniziò dal più vecchio e via via andò a verificare quelli successivi. Giunto più o meno al decimo fascicolo comprese che la modalità delle truffe era sempre la stessa: un sito internet fantasma, degli acquisti da parte di utenti ignari, i pagamenti in una prima banca, i trasferimenti in altre banche ed i prelievi da parte di un soggetto.
Quest’ultimo era il punto su cui il capo gli aveva chiesto attenzione, e su questo lui diligentemente si era soffermato, senza tuttavia trarne, almeno all’apparenza, nulla di buono. In tutti i fascicoli, infatti, stavano le deposizioni dei funzionari delle banche estere assunti con la modalità della rogatoria internazionale. A tutti questi era stata chiesta una descrizione fisica dell’uomo che si era recato a ritirare la cospicua somma di denaro derivante dalla truffa del Montini, ma ad ogni fascicolo corrispondeva una descrizione totalmente differente.

E non sommariamente differente, a far pensare che il teste del caso avesse avuto ricordi non precisi, ma totalmente diversa.
Nel primo fascicolo, il direttore della banca BNL di Lugano aveva riferito che i soldi erano stati prelevati da un soggetto con regolare delega di nome Crotti Sebastiano, che lui ricordava bene perché "non capita tutti i giorni che arriva uno e ti chiede di dargli un milione di franchi in contanti". Era alto circa un metro e ottantacinque, biondo, occhi azzurri.
Nel secondo fascicolo, il prelievo era avvenuto presso la banca UBS di via Nassa, ed il direttore ricordava un tal Gianni Fasulo, alto un metro e settanta, di carnagione scura e capelli neri. Nel terzo, invece, si parlava di un uomo di media statura, grasso e pelato.
Insomma, i denari, almeno nei dieci fascicoli esaminati, erano stati ritirati da dieci persone diverse.
Seguivano, nei fascicoli, le ricerche per nome dei soggetti, nessuno dei quali venne mai trovato, tanto che spesso la laconica nota della polizia giudiziaria indicava che il soggetto "ha verosimilmente usato documenti falsi".
In più, i conti correnti erano "cifrati".
Pichler sapeva bene che il diritto svizzero impone alle banche di conoscere l'identità dei loro clienti. Nel caso dei conti cifrati, tali dati sono noti soltanto ad un numero ristretto di collaboratori della banca e le operazioni bancarie sono effettuate sotto un codice,

ma le indagini non avevano quasi mai condotto l'autorità italiana a conoscere il nome del correntista. Solo in un paio di occasioni, grazie alla collaborazione degli elvetici, s'era rinvenuto il nominativo di chi aveva aperto il conto ma, neppure a dirlo, si trattava di un soggetto inesistente.
"La truffa perfetta", pensò Pichler al ventesimo fascicolo che studiava.
Era ormai garantito che tutto quello che poteva trovare l'aveva trovato. Smise quindi l'analisi e tornò a riferire al comandante.

Capitolo 34

Geremia Noè non riusciva a farsene ragione. Tutto quello che aveva scoperto non poteva essere un caso. L'indicazione di Spinoza trovata in internet, l'unica notizia su Montini, il libro con il segnale al capitolo quattordici che era quello che meglio definiva il carattere dell'uomo Montini, il soprannome del complice-traditore corrispondente a un personaggio passato alla storia per le sue virtù, ma anche per il suo tradimento: non poteva certo trattarsi di puro caso. Qualcosa, tuttavia, doveva essergli sfuggito, altrimenti l'arcano sarebbe già stato risolto.
C'era un solo modo per scoprire se aveva ragione o se tutte quelle coincidenze fossero frutto di un caso che l'aveva portato su una via affascinante, ma del tutto fantasiosa ed errata. Bisognava approfondire, studiare Spinoza. Lì, ne era certo, si celava la soluzione.
Iniziò a leggere.
Trovò uno scritto non del filosofo ma di un autore diverso: Bernard Malamud. Immediatamente s'avvide che costui era deceduto il 18 marzo 1986, esattamente lo stesso giorno in cui era nato Andrea Stili ed esattamente venti anni dopo l'uscita di uno dei suoi grandi romanzi: "L'uomo di Kiev".
Nei primi due capitoli l'autore descriveva l'uscita dalla Russia del protagonista del libro, Yakov Bok, ebreo

come Spinoza, ed il suo arrivo a Kiev, dove era stato arrestato con l'accusa - guarda caso - di omicidio.
Yakov era una persona dalla formazione modesta, ma affascinata dalla cultura, e si imbatté in Spinoza. A quell'epoca chiunque era trovato in possesso di un libro del filosofo era tacciato di eresia.
"Non sapevo niente di lui," spiegava Yakov, "finché non mi sono imbattuto nel libro. Alla sinagoga non ne sono precisamente entusiasti, se avete letto la storia della sua vita... Ho trovato il libro da un rigattiere, in una città vicina, l'ho pagato un copeco e me ne sono andato maledicendomi perché avevo buttato via dei denari sudati. Più tardi ho letto qualche pagina, e ho continuato come se mi corressero dietro. Non l'ho capito parola per parola, ve l'ho detto, ma quando si ha a che fare con pensieri come quelli par di volare a cavallo di una scopa. Da allora non sono più lo stesso".
"Io penso", continuava Yakov, "che Spinoza volesse fare di sé un uomo libero, per quanto si può, secondo la sua filosofia, non so se mi spiego, andando a fondo delle cose e collegandole".
Ecco appunto, si disse Geremia leggendo queste righe: andando a fondo delle cose e collegandole.
Gli pareva di impazzire. Questo nuovo elemento, questo scrittore morto il giorno in cui era nato Andrea Stili e che così bene descriveva l'essere di Alberto Montini come uomo libero, era un altro caso?

Capitolo 35

Andrea Stili sembrava ora il meno interessato alla vicenda. Paradossalmente, la frenesia l'aveva trasferita tutta a Geremia Noè e, per quanto si possa trasferire la frenesia a un "romano de Roma", a Matteo Ranzi. Vagava assorto tra un processo e l'altro in quel di Verbania, sul lago o nei suoi boschi senza metterci del suo nel caso. Geremia lo andava a trovare, un po' per lavoro e un po' per piacere, quasi tutti i giorni, ragguagliandolo con un certo entusiasmo sulle sue scoperte e cercando conferma sul fatto che non era diventato pazzo, che stava seguendo una logica nell'indagine, ma lui sembrava disinteressato.

Una mattina il Ciccio, stanco di questo atteggiamento, chiamò la segretaria di Andrea chiedendole di disdire tutti gli appuntamenti dell'avvocato per quel pomeriggio, perché avrebbe dovuto parlagli per un paio di ore e poi, come avveniva spesso, sarebbero usciti per una pizza.

"L'avvocato è da un paio di settimane che non vuole appuntamenti al pomeriggio perché non viene in studio", s'era sentito rispondere.

"Andrea Stili che non va al lavoro è davvero una grande novità", pensò.

Poi si fece preoccupato. Non che Andrea non avesse periodi di stanchezza dal lavoro o che non si prendes-

se i suoi spazi, ma solitamente questo avveniva al termine di un'indagine o di un processo particolarmente impegnativo, mai nel mezzo di un'investigazione.
Decise di andare al baretto, certo che l'avrebbe trovato lì con la gazzetta in mano a parlare di calcio o a giocare a terziglio con i vecchi del paese. Prese quindi l'auto e si diresse al paesello di Andrea.
Come entrò al bar, il proprietario lo salutò calorosamente e gli offrì un aperitivo.
"S'è visto Andrea?"
"Guarda, ce lo stavamo domandando proprio poco fa: stranamente sono almeno dieci giorni che non si ferma neanche per un caffè... iniziamo quasi a preoccuparci".
Il mistero si infittiva, e a Geremia questo "caso nel caso" iniziava a intrigare.
Riprese l'auto, e il primo pensiero che l'assalì fu: "Domani lo seguo". Poi ritornò in sé: "Non posso far questo a un amico, cazzo".
Ma la parte più irrazionale ebbe il sopravvento, e il mattino successivo si svegliò di buon'ora e si recò nel supermercato che stava di fronte all'ingresso del tribunale di Verbania. S'era informato con la segretaria sul fatto che quel giorno Andrea avesse udienza penale: era quindi certo di vederlo arrivare.
L'udienza era fissata per le nove e quarantacinque, ma alle undici di Andrea Stili nessuna traccia.
Geremia entrò in tribunale per verificare che effetti-

vamente quella mattina Andrea fosse chiamato alla difesa in udienza e trovò conferma nel ruolo appeso in bacheca fuori dall'aula.
"Andrea che buca un'udienza: non è possibile", si disse.
Chiese all'interno al cancelliere, che rispose: "Non l'abbiamo visto, all'udienza si è fatto sostituire dalla collega Zanetti".
Geremia si diresse allo studio di Andrea. Salì. C'era solo la segretaria.
"Senti, mi dici un'udienza in cui andrà lui?"
"Dopodomani ha un processo importante. Viene per discussione, quindi ci sarà certamente lui".
Non pago si diresse verso casa di Andrea, scavalcò il cancello ed entrò in garage. L'auto non c'era.
Puntuale come un treno svizzero, due giorni dopo Geremia Noè si trovava nascosto all'interno del supermercato Esselunga, di fronte al tribunale di Verbania, alla ricerca dell'amico che aveva nel frattempo cercato più volte, vanamente, al cellulare.
Eccolo.
"Finalmente", pensò Geremia.
C'era in lui qualche cosa di diverso. Passava per burbero nell'ambiente legale, Andrea Stili, ed invece quella mattina lo si notava, zaino in spalla e toga in mano, colloquiare amabilmente con colleghi e addirittura con un sostituto procuratore della repubblica.
Lo vide entrare in tribunale e lo seguì. Stando fuori

dall'aula ascoltò l'arringa del suo amico. Non c'era che dire: era uno che si faceva sentire. Bravo, col giusto tono, preparato.
Prima che finisse, Geremia tornò alla sua postazione, da dove vide l'avvocato Stili uscire dal tribunale visibilmente soddisfatto per il lavoro svolto che, visti i complimenti dei colleghi, doveva aver portato al risultato sperato.
Salì sulla sua inconfondibile Mini rossa e girò dalla parte opposta rispetto a quella che avrebbe dovuto percorrere se fosse tornato in studio.
"Ci siamo", pensò Geremia, che corse al suo mezzo per seguire l'amico.
Aveva noleggiato una moto, poiché con casco e giacca sarebbe stato invisibile all'avvocato Stili.
Andrea diresse la vettura con decisione verso l'imbarcadero di Intra. Certo Geremia non poteva seguirlo: il traghetto che attraversava il lago era troppo piccolo per sperare di non esser visti.
Prese quindi una decisione "folle": chiamò un vecchio amico di Luino chiedendo se gli poteva prestare l'auto; ricevuta rassicurazione in tal senso andò in moto fino a Canobbio per prendere a piedi l'imbarcazione che porta a Luino.
Ivi giunto, con l'auto dell'amico percorse la strada verso Laveno in senso inverso ad Andrea, che incrociò all'altezza di Porto Valtravaglia. Girò l'auto e iniziò a seguirlo di nuovo.

Andrea prese con decisione la strada verso Ponte Tresa.

"Ma dove cazzo va?" pensò Geremia. "Possibile che stia conducendo lui da solo un'indagine sull'omicidio senza rendere partecipi né me né Matteo?"

A Geremia sembrava strano anche solo il pensiero.

Giunti all'inizio del paese di Lavena Ponte Tresa Andrea svoltò a sinistra. C'era ora un solo posto in cui aspettarlo.

Geremia si piazzò a piedi ad una certa distanza dalla porta di ingresso della casa di Giada Montini, in perfetta linea per vedere che cosa accadeva almeno nella stanza di ingresso della abitazione.

Andrea arrivò, parcheggiò l'auto ed entrò per il solito percorso.

Prima di entrare dalla casa uscì Giada.

Si dice che baci e abbracci siano fonte di benessere perché viene innescata una risposta a livello dei neurotrasmettitori, attivati tramite il contatto di due corpi che si stringono. Si stimola la produzione di endorfine, neurotrasmettitori che riducono la soglia del dolore e favoriscono il benessere, il respiro si sincronizza, il battito cardiaco diminuisce, si attivano altri ormoni e neurotrasmettitori che procurano un senso di appagamento e si rafforza il sistema immunitario, allontanando così stress, ansie e timori.

Geremia pensò che con quell'abbraccio e quel bacio Giada ed Andrea avessero raggiunto l'immortalità.

Si diede dell'imbecille per non aver compreso subito la questione. Abbassò il piccolo cannocchiale che aveva tra le mani che da strumento per verificare e tutelare un amico era improvvisamente diventato mezzo per violarne l'intimità.
Scese dalla pianta su cui s'era arrampicato e, non senza sentirsi ridicolo, prese l'auto per fare a ritroso l'articolato viaggio che l'aveva portato a vedere che il suo amico s'era semplicemente innamorato.

Capitolo 36

A volte nella vita giunge il momento della resa dei conti. Non sempre è aspra o frutto di una diatriba che intende lasciare morti e feriti. A volte, soprattutto tra amici, si veste d'ironia e la battaglia è quasi piacevole.
Così Geremia Noè aveva deciso di affrontare la battaglia con l'amico di sempre.
Armato di tanto spirito si presentò, senza appuntamento, alle tre di pomeriggio nello studio dell'avvocato Andrea Stili che, dopo qualche minuto, arrivò.
"Che ci fai qui?"
"Passo sempre a trovare gli amici, anche se loro sono un po' assenti ultimamente", replicò con un ghigno Geremia.
"Ho avuto da fare".
"Ah, hai avuto da fare! E quale disumano caso giudiziario ti ha preso in questo periodo che non ti sei fatto vedere, sentire, che anche in studio hai bazzicato poco, che persino al baretto ci sei andato di rado? Sentiamo, su: che è, l'omicidio del secolo?"
"Non c'è solo il lavoro nella vita, Geremia. Dovresti saperlo..."
"Senti, Andrea, fammi capire: ti sei presentato un giorno da me a dirmi che un morto ti aveva parlato. Anzi, che dico: che ti aveva dato un mandato che

neanche bene avevi capito, ma che però non ti faceva dormire la notte. Dovevi a tutti i costi trovare l'assassino di quel uomo, perché 'forse' il mandato era quello.
Quindi mi hai chiesto aiuto come se fosse l'ultimo fiato di vita che avevi. E allora corri a pigliare il traghetto, una, due, tre volte. Vai a parlare col prete di Ponte Tresa e poi a casa di quest'uomo. Poi chiama Matteo Ranzi per la parte che non puoi investigare e ricercalo in internet e poi capisci perché 'sto strano tizio ama Spinoza.
Poi, a un certo punto, l'oblio.
Non una parola da parte tua, del tipo 'Ragazzi, lasciamo perdere' oppure 'Guardate, investigazione impossibile', o ancora 'Ragazzi, mi è passata, ho avuto un brutto periodo ma adesso non mi interessa più sta indagine'. Nulla. Sparisci. Non rispondi più al telefono. Non rispondi più ai messaggi, manco che ti fossi innamorato!"
La faccia di Andrea passò dal solito pallore ad un rosso quasi vivo.
"Che hai, caldo?" s'affrettò a commentare Geremia.
"Calma, calma, ti spiego. Però non mi devi prendere per il culo, promettimelo".
"Ti prometto solennemente che tutte le confidenze che mi farai rimarranno nell'ambito dell'Unione Europea. Su, procedi..."
"Ti ricordi quello che ti dissi quando questa storia è

cominciata? Che avevo ricevuto un mandato..."
"E come scordarlo!"
"Ecco, ho scoperto in che cosa consisteva questo mandato".
"Sentiamo..."
"Vedi, Geremia, già la prima volta che siamo stati su da Giada, io guardandola ho sentito qualche cosa. Nel senso che questo 'qualche cosa' non l'avevo mai sentito".
"Ah sì? Descrivi un po' questa tua emozione".
Il tono di Geremia si faceva sempre più ironico.
"Dai che hai capito".
"Noi matematici, come ci chiami tu, non siamo né intuitivi né perspicaci. Dunque vai".
"Geremia, credo di essermi proprio innamorato. Nel senso che provo una forte attrazione per Giada, ma questo non basta, mi trovo con lei anche al di là del lato fisico: sembriamo due pezzi di puzzle che si incastrano alla perfezione ed è una cosa strana. Vale a dire, continuando nella parafrasi, sai quando stai componendo un quadro complicato con migliaia di pezzettini e non trovi quello giusto, e tenti e ritenti l'incastro ma non è mai il pezzo giusto, tanto che pensi che a un certo punto quel pezzo sia andato perduto o che addirittura la scatola sia difettosa e quel pezzo non ci sia?"
"Ne ho un vago sentore".
"Ecco, io fino a ieri mi sentivo così. Di esperienze un

po' ne ho avute e tu lo sai. Tante volte ci ho provato e ci ho messo il cuore, ma nulla mi faceva sentire così, tanto che avevo perso la speranza. Poi è arrivata Giada e non ho avuto dubbi, da subito. Ho sentito che era 'lei'.

Per carità di definitivo nella vita non c'è nulla, ma questo sentire che Giada è 'lei' ci si avvicina molto. Vuol dire che lei è la persona che dovevo incontrare, che il vagare è finito, che sono a casa, che voglio condividere la mia vita con questa persona".

"Ti capisco, perché ho sentito la stessa cosa quando ho trovato la mia 'lei', però potevi anche dire che la questione era chiusa e chi se ne frega! Ci facevamo una bella gita in barca".

"Non è chiusa. O perlomeno, ha assunto un'altra veste..."

"Cazzo, quanto sei complicato, avvocato! Dimmi, son tutto orecchie".

"Qualche giorno fa sono andato da solo da Giada. Avevo le pulsazioni a 200 battiti al minuto che neanche avessi fatto la maratona, ma non ci stavo più dentro e mi son deciso di parlarle per dire quello che provavo. Te la faccio breve: appena entrato mi son dichiarato. Sembravo un bambino dell'asilo, davvero, quasi ridicolo.

Ha pensato a tutto Giada. Non ha detto neppure una parola. Mi ha fatto un sorriso che se c'è un paradiso lo voglio così, le sue mani si sono allungate sul mio

viso e mi ha baciato. Anche lei condivideva il mio sentimento.
In quel momento, in quell'esatto istante ho capito che cosa voleva dirmi suo padre, quel giorno sul lago. Il mio mandato non era quello di trovare il suo assassino, l'incarico che mi aveva conferito era di prendermi cura di lei, capisci? Mi ha passato il testimone".
"Il testimone?"
"Sì. Geremia, ricordi il racconto di Giada di quando Alberto la prese dall'orfanotrofio con una scelta immediata e non sindacabile come se la madre di Giada, morta anzitempo, gli avesse dato l'incarico di prendersi cura della figlia? Ecco, è come se Alberto quel giorno da morto mi avesse passato questo testimone. La mia risposta, quindi, l'ho trovata".
"Son felice per te. Davvero, amico mio".
Si abbracciarono.
"Senti, Andrea, tornando alle questioni pratiche, caso chiuso quindi? Voglio dire, lasciamo alla polizia di fare il suo lavoro?"
"No, no, per niente".
"Ma come? Non mi hai appena detto di aver trovato la risposta che cercavi?"
"Io sì. Giada no".
"In che senso?"
"L'altro giorno ho parlato con lei e le ho spiegato per filo e per segno di tutta questa indagine, tutto quello che avevamo trovato. O meglio, forse è più corretto

dire quello che 'non' avevamo trovato. Le ho detto che per me eravamo a un punto di non ritorno e che non saremmo riusciti a trovare il colpevole di suo padre. Pensavo ad una risposta da libro cuore, del tipo 'Ora ho te e non m'importa d'altro' e invece..."

"Invece?"

"Invece Giada mi ha guardato e ha detto quattro parole".

"Che ha detto?"

"Tu me lo devi".

"Cazzo! E adesso che facciamo?" disse Geremia.

"Adesso facciamo quello per cui siamo nati. Io uso il mio istinto e tu il tuo cervello, chiamiamo il nostro amico pazzo di Roma, mischiamo tutto assieme e vediamo che ne esce".

"E io che speravo di starmene tranquillo!"

L'amore, una delle grandi gioie dell'umanità, ha un tributo, e nessuno dovrebbe vergognarsi di pagarlo. Il prezzo per Andrea era la soluzione di quell'enigma. Ma era vero amore?

Capitolo 37

La strategia di Alberto Montini era perfetta e l'aveva ripagato per una vita intera: anni di truffe senza mai esser scoperto, una vita agiatissima senza lavorare. Un fine cervello dedito al crimine, per poi voltarsi e consacrarsi alla passione della sua vita: lo studio.
Ma come ogni medaglia che si rispetti c'era un rovescio. L'immunità che Alberto s'era garantito in vita con queste truffe eccelse gli si ritorceva contro ora. Chi cercava il bandolo della matassa per rendergli giustizia, trovava difficoltà nell'indagine.
Un omicidio, chiunque colpisca, è sempre un grande ingiustizia e l'unico modo per mitigare questo sopruso è trovare il colpevole.
Matteo Ranzi faceva questa riflessione tra sé e sé, attaccato al corrimano del tram mentre tornava a casa, quando gli venne un'idea.
Nei vari fascicoli che aveva scorso c'erano molteplici carte false. Gli stessi documenti di Giada erano falsi. Ma se c'era un documento falso ci doveva essere anche un falsario.
Il mondo dei contraffattori di documenti era formato da una cerchia ristretta di persone e poteva non essere difficile trovare colui il quale aveva formato quei pezzi di carta. E lui conosceva il migliore, o meglio: "la" migliore.

Preso da questo nuovo stimolo tornò in ufficio, ed estrasse dal faldone di Alberto Montini una decina di documenti fasulli utilizzati per le truffe. Si trattava di documenti di persone inesistenti che aprivano conti, assegni falsi ed altro d'artefatto che aveva agevolato Alberto Montini nei suoi turpi intenti.
Scese le scale e dal telefono compose il numero di Manni Viviana.
"A Vivì, come te butta?"
"Il poliziotto più figo d'Europa che mi telefona, che onore!" rispose all'altro capo la voce femminile.
"C'ho bisogno de 'na verifica. È urgente".
Viviana Manni era stata la più grande falsaria degli anni novanta. La sua specialità era realizzare documenti falsi. Laureata all'accademia delle belle arti di Brera aveva deciso che era più conveniente vendere la sua arte al crimine piuttosto che a noiosissimi "vernissage", e così aveva fatto per anni, finché un cliente, uno di quello che aveva "aiutato", l'aveva tradita consegnandola di fatto al "lato chiaro".
Qualche anno di carcere e il buon conto in banca che s'era fatta nel tempo l'avevano convinta che non era più il caso di lavorare per il "lato oscuro". Così si era messa a collaborare con polizia e procura della Repubblica per valutare il lavoro dei suoi "colleghi".
Viviana abitava a Bresso, appena fuori Milano, in una casa di ringhiera ristrutturata che dava su una graziosissima corte. L'insieme pareva un microcosmo,

ben lontano dal logorio della città metropolitana.
Il mezzo più veloce per raggiungere Viviana era sicuramente la metro. Matteo non ci pensò due volte e prese il treno sotterraneo, linea M5. Dopo pochi attimi si ritrovò immerso dal traffico e dai grattacieli alla periferia di Milano.
Pochi passi ed ecco la vecchia casa di cortile che cercava che, sovrastata dai palazzi, sopravviveva orgogliosa agli inganni dei tempi moderni.
In effetti si viveva un altro tempo dentro la corte. C'erano dei bimbi che giocavano a pallone, un'anziana signora che stendeva le lenzuola, un'altra più giovane che ritirava la posta direttamente dalle mani del postino: un universo che contrastava notevolmente con quello appena lasciato da Matteo sulla metro piena di giovani col cellulare in mano, vestiti in modo strano e con le cuffie che mandavano musica "a palla" nelle orecchie.
Salì le scale. Viviana che l'aveva intravisto dalla finestra lo aspettava sul balcone, con la porta di casa semiaperta.
"Entra Robocop", disse scherzando.
"Ma vaffan...", fu la risposta. "A Vivi, nun te sto a di' che ce sta dietro perché è 'na lunga storia neanche tanto originale. Vorrei ave un tuo parere su 'sti fogli".
Matteo posò la cartellina sul tavolo della cucina prima ancora di togliersi la giacca. Viviana tolse il caffè dal fuoco, lo versò in due tazzine e si sedette.

Mentre beveva lentamente il caffè scorse i primi documenti. Li avvicinava agli occhi e poi piano piano li allontanava per poi procedere ancora inversamente, sino a quasi toccarli con la punta del naso.
Senza dir nulla si alzò, dapprima per prendere una lente di ingrandimento, poi per mettere alcuni dei fogli sotto un microscopio elettronico che aveva appoggiato su un tavolo lì vicino.
"Mi prendi in giro?"
"Nun capisco, in che senso?"
"Poliziotto, dimmi se mi vuoi mettere veramente alla prova".
"A Viviana, non te sto a capì".
"Questi documenti sono originali. Non c'è un solo documento falso tra quelli che mi hai dato da vedere".
"Ne sei sicura?"
"Al cento per cento. Vedi, i documenti provenienti dalla pubblica amministrazione sono prodotti su una carta che nessun altro ha a disposizione ed anche inchiostro e carattere sono assolutamente originali".
"Bene, allora son ci sto più capendo un cazzo di niente", disse Matteo, scandendo le parole in italiano.
Finirono il caffè. Matteo ringraziò Viviana, la salutò con un abbraccio e se ne tornò, sconsolato, in città.

Capitolo 38

Andrea Stili pensò fosse ora di fare il punto della situazione. Sino ad ora, infatti, avevano investigato sostanzialmente ciascuno per conto proprio, ed era tempo di trovarsi tutti attorno a un tavolo per capire il da farsi.
Convocò il gruppo in un grazioso ristorante vista lago, a pochi passi dall'imbarcadero di Laveno Mombello, giusto per non far venire Matteo Ranzi da Milano sino a Verbania. Aveva chiesto al gestore un tavolo in una saletta separata per poter parlare con calma della questione.
Dopo i primi convenevoli si sedettero, ed Andrea iniziò "a bomba".
"Dunque, ricapitolando: abbiamo indagato nella storia di Alberto Montini, che pareva averci dato degli indizi su chi fosse il suo assassino, ma non ne abbiamo cavato nulla. Abbiamo poi cercato di risalire al suo complice cercando di capire chi fosse sia dall'indizio lasciatoci, sempre all'apparenza da Alberto Montini, sia ricercando nei meandri dei fascicoli processuali aperti dalla procura contro Alberto. Infine, abbiamo ricercato il falsario per trovare un aggancio con la vita da malvivente di Alberto, ma anche questa ricerca non ha avuto l'esito che speravamo. Idee?"
Silenzio. Nessuno fiatava.

"Devo ammettere," disse Geremia, "che questo caso è certamente il più difficile che mi sono trovato ad affrontare in tutta la mia vita. Sono praticamente certo che gli indizi su cui ho investigato siano logicamente connessi tra loro, e che Alberto Montini li abbia lasciati lì proprio per noi, per farci arrivare al suo assassino. Ma giunti a un certo punto abbiamo trovato il nulla, o meglio, non c'è stato un riscontro alla mia teoria. Da ciò devo purtroppo dedurre che o questa è errata, o non so comprendere quale sia il passaggio successivo".

"Quest'uomo era di una genialità assoluta", lo interruppe Matteo. "Mai visto nulla del genere in tanti anni di investigazioni. Non c'è un ambito, uno spazio che ti lasci intravedere uno spiraglio investigativo. Ha ragione il suo avvocato quando dice che non era bravo lui a fare i processi, ma il suo cliente a precostituirsi l'immunità. Io sinceramente non so più dove sbattere la testa".

"Purtroppo temo abbiate ragione", concluse Andrea Stili.

Pranzarono quasi in totale silenzio, come se il senso di impotenza si fosse impadronito di loro, turbandone la tranquillità.

"Propongo di fare una cosa", disse Andrea. "Lasciamo stagnare la cosa".

"Che intendi?" chiesero all'unisono i due investigatori.

"Visto che non abbiamo idee su come proseguire,

direi semplicemente di aspettare. Magari, che so io, l'indagine ufficiale ci darà un nuovo spunto o qualche cosa ci verrà in mente. Per cui facciamo che se a qualcuno di noi viene in mente qualche cosa lo comunica agli altri".

Concordarono tutti sulla proposta di Andrea che, tuttavia, pesava sulle loro menti come una sconfitta nella finale dei mondiali di calcio della squadra del cuore.

Alternative, però, non ne avevano.

Capitolo 39

Passarono giorni che si fecero settimane.
Nulla più sul caso Montini era emerso. Del punto di vista investigativo ufficiale nessuna traccia.
Andrea aveva tentato di informarsi tramite qualche suo conoscente, e altrettanto aveva fatto Matteo, ma pareva che gli organi ufficiali si fossero fermati ed arresi prima ancora di loro.
L'omicidio di Alberto Montini era stato di fatto archiviato come l'irrisolvibile caso che aveva tolto la vita a un truffatore, uno come un altro, che probabilmente s'era trovato invischiato per una volta in una questione più grande di lui.
I tre avevano quasi dimenticato la questione, presi come erano dai loro vari impegni.
Andrea oltre al lavoro aveva qualcosa che lo teneva, finalmente, vivo. Il suo nome era Giada, e lì ormai pareva abitare il suo cuore. Era l'unico che aveva ancora la remora in fondo al cuore di non aver trovato il colpevole, di non aver risposto a Giada ed alla sua richiesta, al suo "me lo devi". Non che lei insistesse, ma ogni tanto i suoi occhi erano coperti da un velo di tristezza che Andrea carpiva.
Quella ombra aveva un nome chiaro e distinto: giustizia. Giustizia per un uomo che l'aveva cercata e portata ad ogni costo con sé, che l'aveva cresciuta,

che le aveva voluto un bene infinito, insegnandole tutto ciò che sapeva, che le aveva dato una famiglia. Perché famiglia è chi ti viene a prendere, ti chiama, ti trova, ti sostiene. Il legame di sangue in sé non significa necessariamente famiglia.

Ecco cosa intendeva Giada quando chiedeva giustizia per suo papà. Una sorta di risarcimento morale per tutto quello che quell'uomo aveva fatto per lei, che le aveva insegnato, che le aveva lasciato, non da ultimo per l'agio economico.

Una sorta di bilanciamento del rapporto sinallagmatico tra lei ed Alberto, come se l'affetto che lei aveva ricambiato non fosse sufficiente.

Questo era ciò che diceva il cuore a Giada. Rispondeva la mente, con una frase che spesso le aveva detto proprio Alberto: "Ad impossibilia nemo tenetur".

Le cose impossibili non si possono risolvere. Esistono degli arcani irrisolvibili a fronte dei quali non si può far altro che arrendersi.

Capitolo 40

Geremia sembrava aver dimenticato il caso Montini. Trascorreva le sue ore tra lavoro e famiglia, privilegiando la seconda. La questione era stata spostata in un cassetto della mente, in un file "pre-archivio", e lì giaceva in attesa che qualche cosa la smuovesse.
Cambiare punto di vista sulle cose non cambia le cose, ma cambia la percezione che noi ne abbiamo, si diceva.
Camminava, quindi, felice in un sabato qualunque assieme alla sua "lei" ed al loro gioiello per le vie del centro di Milano. La città aveva il potere di rilassarlo, quindi di tanto in tanto ci andava volentieri a camminare lentamente, assecondando le richieste di Martina sulle vetrine da visionare.
Erano appunto in via Monte Napoleone quando Martina si avvicinò alla vetrina di Luis Vuitton. Al centro campeggiava una borsa indubbiamente bella col marchio, ovviamente originale, dello stilista.
Ai due calò istintivamente un occhio sul prezzo, che diceva quattromila euro.
Si guardarono e sorrisero.
"Giuro che prima o poi te la regalo quella borsa", disse Geremia.
"Non scherzare, costa troppo e non la vorrei mai. Oltretutto avrei paura ad usarla, per timore di rovi-

narla. No, l'originale no. Meglio una copia, così la stropiccio come voglio".
A volte le parole di una persona ti entrano dentro e fanno un viaggio che non prevedi, come accendere la luce in un attimo di una stanza buia in cui sei sempre entrato a tentoni.
"Io sono veramente un coglione!" disse a voce alta Geremia. "Come ho fatto a non pensarci, come ho fatto?"
"Ehi, ma che hai? Sei impazzito? È una borsa, chi se ne importa!"
"Non mi riferisco alla borsa. Sto pensando al caso Montini, Martina".
"Dimmi".
"Ricordi quando ti raccontai che l'unica cosa che avevamo trovato in internet di Alberto Montini era l'acquisto del libro di Spinoza all'asta?"
"Sì".
"Poi ti dissi che quello era un segnale, ed infatti trovammo nella teca in cui era custodito il libro un post-it al capitolo quattordici che, non per caso, descriveva perfettamente l'essenza di questa persona".
"Vai avanti".
"Ecco, noi pensavamo di andare a casa sua, di prendere quel libro, di aprirlo al capitolo quattordici, proprio dove stava il segnaposto per intenderci, e di trovare la soluzione al caso. Ed in effetti l'abbiamo fatto, ma non abbiamo trovato nulla. Capisci?"

"Sono tutte cose che so, ma non ho capito dove vuoi arrivare".
"È come per la borsa: l'originale è troppo prezioso e non va rovinato. Alberto Montini era un amante di Spinoza al punto da aver fatto propria, con la sua vita, tutta la sua filosofia. S'era comprato l'originale del Tractatus ad un'asta al prezzo di cinquecentomila euro e lo teneva, in bella vista, in biblioteca. Non l'avrebbe mai toccato o rovinato o in qualche modo segnato per nessuna ragione al mondo, neppure per far trovare un assassino, neppure per il suo assassino".
"Quindi?"
"Quindi deve esistere una copia, una semplice copia stampata all'interno di casa Montini in quella biblioteca, dove esattamente al capitolo quattordici ci viene data la soluzione dell'indagine".
Scattò il silenzio. Un rumoroso silenzio di quelli che ti fa pensare.
"Dobbiamo andare subito a casa di Giada", disse Martina, anticipando le parole di Geremia.

Capitolo 41

"Comandi, comandante", disse Felix Pichler per annunciarsi al suo capo.
"Tu m'hai rotto li cojoni a fette sottili con 'sti cazzo di modi da caserma, qui siamo ar commissariato di polizia, polizia di stato, non siamo nei bersaglieri, fattelo capì, che c'hai?" rispose il capo urlando.
"Sì, capo".
"Me devi chiamà Matteo, cazzo. Non capo, non comandante: Matteo".
"Va bene, Matteo cazzo", disse ridendo Pichler.
"A Picaro, te ne mollo una che t'arrestano in Svezia per vagabondaggio. Dimme che voi".
"Mi riferivo a quella cosa che mi ha fatto fare, quella per un amico e 'num me rompe li cojoni'".
"Picaro stai a tirà la corda. C'avrà un nome sta pratica".
"Montini, capo. Montini, volevo dire, Matteo. Ecco, ho notato una cosa molto singolare che ricorre in tutti i fascicoli".
"Cioè?" chiese incuriosito Ranzi.
"Cioè quello che fa le indagini è sempre lo stesso. Mi spiego: un solo poliziotto ha seguito tutti i fascicoli che ho guardato. Parliamo di più di sessanta casi. E non solo... Matteo... sempre quell'unico poliziotto ha fatto tutti, dico tutti gli interrogatori ai direttori di banca, ai truffati, a quelli che venivano indicati come

probabili soggetti che avevano ritirato i soldi. Ancora: sempre lui e solo lui ha dato gli incarichi per verificare i documenti falsi agli atti. E infine, sempre e solo un poliziotto ha firmato le relazioni dei singoli casi per il magistrato".

"Sta a vedè che er complice... Come si chiama 'sto poliziotto?"

Capitolo 42

Un caso?
Quella di Alberto Montini era un'indagine basata da cima a fondo su una mera casualità.
Era un caso che quella mattina Andrea Stili percorresse quella strada. Un caso che il ciclista avesse forato e che quindi il suo amico si fosse sporto vedendo il corpo. Un caso (o forse no) che sul web vi fosse dell'ucciso un'unica notizia: quella riguardante l'acquisto del Tractatus di Spinoza all'asta. Un caso il soprannome dato da Alberto Montini al suo complice. Ed ora un caso che a fare le indagini fosse sempre la stessa persona.
Geremia Noè, in arte il Ciccio, era poco incline a credere al caso.
La sua mente ragionava correttamente solo se trovava un nesso di causalità tra concetti ed aveva la presunzione che il suo modus operandi non fosse errato. D'altronde anche in matematica una serie di causalità fondava una certezza.
Chiamò immediatamente Andrea per dirgli quello che aveva pensato in merito alla verifica da effettuare sul libro non utilizzando l'originale, ma una copia che doveva esserci in quella enorme biblioteca.
L'avvocato si trovò d'accordo sul ragionamento, ma pareva meno entusiasta di Geremia, come se fosse più

incline a pensare che fossero stati loro a creare un nesso logico laddove non c'era. Tentare, tuttavia, non costava nulla, quindi diede appuntamento all'investigatore alle venti dello stesso giorno a casa di Giada.
I due arrivarono "per caso" nello stesso istante. Geremia era talmente impaziente di verificare la sua teoria che inavvertitamente andò a sbattere contro il cancello di ingresso dell'abitazione. Incurante del danno suonò a Giada che, preavvertita del loro arrivo da Andrea, non esitò un secondo ad aprire.
I tre scesero immediatamente in biblioteca, dove Giada aveva già preparato quattro differenti edizioni del "Tractatus", ciascuna con prefazione e commenti di autori diversi.
Geremia prese la prima e l'aprì al capitolo quattordici. Sfogliò pagina su pagina con cura, poi a ritroso, poi ancora con la lente di ingrandimento che Giada, senza che lo chiedesse, gli aveva passato.
Nulla.
Prese la seconda edizione e fece la stessa procedura.
Non trovò niente.
La fede di Geremia nel metodo scientifico iniziava a vacillare: possibile che avesse visto un legame laddove non c'era? Possibile che si fosse immaginato tutto?
Aprì la terza copia.
Immediatamente sulla prima pagina intonsa notò otto lettere cerchiate: erano una L, una U, una C, una A. Era stata saltata una riga, quindi i cerchi prosegui-

vano: una C, a cui seguiva una A, una S e una O.
Luca Caso.
Pareva una presa in giro in questa indagine dominata dal caso in tutto e per tutto. Un'indagine che forse, solo ora, iniziava ad aprirsi a nuove prospettive: l'indicazione di Alberto Montini, adesso, era un nome, Luca, ed un cognome, che era appunto "caso".
Chi era costui? Esisteva un Luca Caso?
Giada non lo sapeva, non aveva mai sentito quel nome e quindi non poteva essere di aiuto.

Capitolo 43

“Luca Caso, comandante. Cioè, Matteo”.
Questo fu il nome che Pichler riferì a Matteo Ranzi.

Capitolo 44

"Il poliziotto che ha fatto le indagini e tutto il resto si chiama Luca Caso. Lei lo conosce?"
"Non l'ho mai sentito nominare, ma non è strano. Il reparto antifrode sta in via Tivoli ed io non ci ho mai lavorato".
"Bravo, bel lavoro Picaro", aggiunse Ranzi.
Il giorno successivo Andrea Stili arrivò in ufficio prima del solito. Ora aveva un indizio su cui lavorare e non era il "caso" di perdere tempo.
Aspettò con impazienza le otto e cinque minuti, e compose il numero di Matteo Ranzi. Era sicuro che a quell'ora l'avrebbe trovato in ufficio.
"Ciao, poliziotto".
"Avvocato carissimo!" rispose con aria ironica Ranzi.
"Vengo subito al dunque: ricordi che ti avevamo parlato di quel libro di Spinoza al capitolo quattordici come di un indizio datoci dal morto?"
"Certo, ricordo bene".
"Ecco, a Geremia è venuto il dubbio che l'indizio potesse essere non sull'originale del libro, che ha un enorme valore storico, ma su una copia che stava da qualche parte in biblioteca, così ieri sera siamo andati a verificare, ed effettivamente in una di queste copie erano cerchiate otto lettere che formavano un nome..."

"Luca Caso".
"E tu come lo sai?"
"L'ho scoperto ieri e ho capito molte cose".
"E non mi dici nulla?"
"Andrea, ogni tanto butta n'occhio all'orologio. So le otto de mattina: t'avrei chiamato".
"Scusa, scusa. Dimmi".
"Allora, secondo me Luca Caso era il complice di Alberto Montini. Questo spiegherebbe molte cose. Anzitutto questo tizio è un poliziotto, non so se ancora in servizio o se è andato in pensione. Però sai secondo me come andava?
Quando i soldi della truffa erano sul conto della banca lui, il Luca Caso intendo, assoldava un teppistello sempre diverso per andare a fare il prelievo. Ciò fatto sentiva durante le investigazioni sempre lui il bancario che aveva materialmente consegnato i soldi, ma modificava a suo piacimento le dichiarazioni in modo che il soggetto da lui incaricato, che nel frattempo gli aveva consegnato le somme ed era sparito, non fosse ritrovato. Così garantiva l'immunità ad Alberto, ma anche a sé stesso.
Tra l'altro, in quanto poliziotto aveva accesso ai vari uffici da cui avrebbe potuto trafugare originali di documenti, e questo spiega perché detti documenti non risulterebbero falsificati".
"Lo dobbiamo incastrare", disse Andrea.
"Non correre, avvocato. È solo un'ipotesi investigati-

va che devo approfondire. Lasciami quarantotto ore e poi ci troviamo per fare il punto della situazione".
"Va bene", rispose Andrea, a cui in verità quarantotto ore parevano un'eternità.

Capitolo 45

Luca Caso: chi era costui?
Questa era la domanda del giorno per Matteo Ranzi.
In virtù del suo grado aveva accesso alle schede personali dei dipendenti della polizia di stato, ma le sue nozioni di informatica erano piuttosto scarse.
"Picaro, viè qua!" urlò. "Dobbiamo fa' 'na ricerca".
"Matteo," disse il poliziotto, scandendo bene il nome, "mi sono permesso di anticipare il lavoro e ho già stampato tutto".
Allungò un fascicolo con una cartelletta ben ordinata dove stava scritto: Luca Caso - riservato.
"Pe' sta volta te perdono".
"In che senso, capo?"
"Num me devi anticipà i pensieri, ma stavolta te scuso".
Rise, prendendo il fascicolo dal suo sottoposto, e aprì il dossier.
Luca Caso, nato a Trento... seguivano insignificanti dati anagrafici che tralasciò.
Andò a vedere il curriculum del poliziotto. Aveva lavorato in tutti i più importanti settori della polizia di stato. Spiccavano la Criminalpol, dove aveva coordinato le investigazioni di polizia giudiziaria a livello nazionale su criminali di rilevante spessore, il NOCS, le Unità operative di pronto intervento, la DIGOS.

Insomma, non si trattava, almeno all'apparenza, di uno abituato a scaldare la sedia.
Passò all'analisi dei test cui ogni poliziotto si sottopone per accedere ai vari settori, e notò un test del quoziente intellettivo che dava come risultato 146: "su una media nazionale della popolazione di 94", stava scritto.
"Anvedi", pensò lui, che a quel test aveva racimolato un più misero 116.
Proseguì nella lettura, da cui emerse che il soggetto era anche cintura nera di judo. In fondo, c'erano le note dei superiori, che confermavano il curriculum di Luca Caso con giudizi più che positivi.
"Capo", lo interruppe Pichler.
"Che voi? Sto a lavorà".
"Se posso permettermi..."
"Parla, senza troppi preamboli".
"L'unica cosa strana che emerge da quel fascicolo sa che cos'è?"
"Dimme".
"Ha due figlie femmine, Luca Caso, ma una non porta il suo cognome. Lui l'ha riconosciuta, è nata in costanza di matrimonio, ma ha il cognome della madre".
"Ci avrà litigato".
"Lo escluderei, perché come vede la ragazza pur essendo ormai laureata e lavorando stabilmente vive ancora con il padre".

"Ci avrà fatto pace".
"Lo escluderei..."
"A Picaro, m'hai rotto er..."
Pichler usci dalla stanza.
Effettivamente la circostanza era quantomeno poco chiara. Tornò alle prime pagine, dove stavano le notizie anagrafiche che aveva bellamente saltato, e verificò la correttezza delle informazioni che il bravo collega gli aveva fornito.
Al momento non ci badò oltre.
Concluse la lettura, appoggiò il fascicolo sul tavolo e si stese sulla sedia. Accese l'ennesima sigaretta.
Il poliziotto perfetto, pensò. Non un richiamo, non un'inadempienza... una carriera limpida. Non solo: una vita famigliare altrettanto lodevole. I poliziotti, soprattutto quando fanno carriera, vengono spesso spostati da una città all'altra con disarmante facilità. Questo spesso incide sui rapporti famigliari. In questo caso non era successo.
Tutto troppo perfetto, pensò.
Chiamo il suo fidato aiutante.
"Voglio sapere qualche cosa di più. Se ha intestato case, quante e dove, se ha conti correnti e quanti soldi ha, se guida macchine e che macchine sono, come si veste... insomma, spulcimmolo a 'sto qua".
"Va bene, capo. Mmm... Matteo", si limitò a rispondere Pichler.

Capitolo 46

C'è chi crede che amare sia giurarsi l'eterno per poi lasciarsi appassire col passare del tempo.
Molte volte, troppe volte, Andrea aveva avuto questa sensazione. La chiamava la teoria del "ti amo solo se".
Le sue relazioni iniziavano tutte allo stesso modo: grande passionalità carnale, la definiva. Dopo poco, il fuoco si spegneva e iniziavano le rivendicazioni sindacali, fatte di "vorrei" quando andava bene, di "voglio" quando andava peggio, di "pretendo" nella più cattiva delle ipotesi. Andrea si era dimostrato del tutto insofferente a questo tipo di atteggiamenti e, non appena si manifestavano, comprendeva che il fuoco vivo che aveva acceso la passione s'era in realtà trasformato in un fuoco fatuo.
Aveva inanellato una discreta serie di delusioni. Amori finiti in un attimo, passioni spentesi al primo alito di vento. Quasi non credeva più potesse esistere questo sentimento profondo, che sentiva di tanto in tanto raccontare dalla gente ma che a lui pareva una chimera che volteggia nel cielo, un sogno vano, una lontana immagine.
Poi, proprio quando aveva smesso di cercare, era arrivata Giada.
Non sapeva molto descrivere quella sensazione, che gli era totalmente nuova. Un senso di pienezza aveva

trovato immediato riscontro negli occhi di Giada, come se guardandola, già dal primo incontro, lui avesse visto oltre, più giù, trovando una parte di sé mancante.
Quei capelli, quel viso, quegli occhi: non era la prima volta che li vedeva, li aveva dentro sé. Non li aveva trovati ma ri-trovati.
La luce delle giornate di Andrea era, come quelle di chiunque, caratterizzata dalla razionalità, dall'uso della mente in un concatenamento di processi causali che tendevano a uno scopo da raggiungere. Pareva fosse, questa, l'unica modalità dell'esistere.
E questo processo sino ad allora si era ripetuto per Andrea anche negli amori, che divenivano un pensiero autoconvincente: la mente voleva convincere il cuore della bontà della scelta ed allora si concentrava sulle caratteristiche dell'altro dicendosi che era una "bella persona", "dolce", "gentile", "simpatica", e così via.
Quando poi capiva che non bastava, subentrava la delusione, la frustrazione dell'amore - o meglio del presunto amore - che finiva.
Con Giada non era successo.
Non esisteva neppure una "cartella" a nome "Giada" nella sua mente. Non c'era l'elenco delle caratteristiche del soggetto, quasi fosse un'auto sportiva o altro.
Esisteva lei che, semplicemente, viveva e, così come era, rappresentava per lui la perfezione.
Questo sentire era nel regno del senza tempo. Non si

chiedeva, Andrea, che cosa sarebbe successo. Non si domandava che ne sarebbe stato di loro domani, non faceva programmi sulla sua storia con Giada: semplicemente, "era".
Ma più che sapere che cosa "era", Andrea sapeva che cosa quella relazione "non era".
Non era una storia da coltivare, non era un programma da seguire, non era uno scopo da raggiungere, non era un bastone per la vecchiaia, non era un sostegno alle disillusioni della vita, non era una terapia per le psicosi del quotidiano.
Era ancora una volta, semplicemente, "lei".
Aveva inteso alla perfezione in quel momento, al primo sguardo, questo sentire.
Ed in quel preciso istante aveva altresì compreso che cosa quel morto, Alberto Montini, volesse da lui.
Non era un desiderio di giustizia per sé, men che meno un'istanza di vendetta, si trattava di qualche cosa di più bello e profondo, e alla fine anche più semplice: "Lei è lì che ti aspetta".
Da quel momento per Andrea l'ordine delle cose era mutato: il lavoro, le amicizie, le passioni, non erano svanite, ma avevano cambiato colore. Tutto era diventato più armonioso e dolce, ogni cosa aveva trovato il proprio posto ed era intonata al resto del mondo.
In una parola Andrea aveva trovato il suo amore.
Ma c'è ferità più grande di un amore disilluso?

Capitolo 47

Felix Pichler s'era messo al lavoro.
L'unico modo che conosceva di svolgere i suoi compiti era quello metodico, e con la pignoleria che lo contraddistingueva s'approcciò a catasto e conservatoria dei registri immobiliari per sapere quanti e quali beni immobili avesse intestati Luca Caso, e poi al pubblico registro automobilistico per vedere le auto. Infine una ricerca dei conti correnti bancari.
Il risultato fu deludente da un lato, ma confortante dall'altro.
Luca Caso aveva intestato solo un piccolo trilocale a Cormano, in periferia di Milano, dove viveva con la moglie ed i figli e sul quale pagava ancora un mutuo, inciso dalla banca al momento dell'acquisto. Guidava una Opel station wagon vecchia di undici anni e sul conto corrente bancario aveva seimila euro.
Trattandosi di un poliziotto la cosa era confortante, anche se non corrispondeva alle aspettative del "capo".
Portò i risultati della sua indagine a Matteo Ranzi.
"Num me convince", fu la risposta.
"Ho esteso l'indagine ai famigliari ed anche a loro nome non risulta granché", aggiunse Pichler.
"Che me dici della figlia? Quella col cognome diverso".
"Ho fatto anche in tal senso qualche approfondimento e mi è stato riferito che il cognome della figlia deri-

va dal fatto che per un certo periodo lui e la moglie erano "ai ferri corti". Questo periodo coincise con la nascita di Sofia, cui la madre diede il proprio cognome. Ecco, mi manca di verificare se questa figlia ha dei beni 'strani' perché avendo un cognome differente ci vuole qualche ora in più".
"Va beh, stiamo a vede'".
"Un particolare interessante, capo..."
"Cioè?"
"Sofia Landucci, così si chiama, è stata tenuta a battesimo indovini un po' da chi?"
"Non dirmi niente: Alberto Montini".
"Esatto. Pare anzi che il nome 'Sofia' sia addirittura stato scelto da lui, dal padrino".
"Sai una cosa?" Ranzi si fece serio. "Mi pare strano un fatto: alla figlia di sto collega viene messo il cognome della madre perché in quel periodo i coniugi non andavano d'accordo, però la stessa bimba viene tenuta a battesimo da un 'amico' del padre che addirittura sceglie il nome. Credo che la risposta a questi dubbi arriverà dall'indagine sulla figlia. Nun poi velocizzà?".
"Corro", rispose Pichler, che era più ansioso di Matteo di avere la risposta ai loro dubbi.
Uscì immediatamente dall'ufficio per recarsi al catasto. Lì giunto, chiese del geometra De Curtis che era il loro riferimento in quel posto.
"Ciao, Egidio. Quella ricerca su Sofia Landucci a che punto è?"

"Punto morto, amico mio, nel senso che la tizia non ha intestato nulla".

Sconsolato Pichler riferì a Ranzi. "Capo, scusi se mi permetto, ma proprio per completezza di indagine vorrei fare una cosa".

"Sentiamo".

"Noi abbiamo indagato cercando con i nomi e cognomi ed i codici fiscali dei vari componenti della famiglia Caso. Ma se io volessi nascondere dei denari frutto di una truffa creerei una società, magari con un nome di fantasia, difficilmente riferibile a me e dove butterei dentro tutti i soldi. Quindi farei una ultima verifica alla camera di commercio per vedere se la tesi può essere valida".

"Nun sei così stronzo..." rispose Ranzi, che nel suo gergo era un bellissimo complimento per Pichler. "Però," proseguì, "concentrati solo sulla figlia col cognome diverso, che il soggetto l'ho già capito: questo non avrà mai qualcosa di riferibile a lui".

Pichler andò nel suo ufficio, aprì Google ed inserì le credenziali del sito che la polizia aveva in collegamento diretto con la camera di commercio e dal quale poteva ricercare i dati che voleva.

Inserì nome, cognome e codice fiscale di Sofia Landucci. Dopo qualche istante di attesa uscì "Stellaria immobiliare S.r.l". con sede a Roma, in via Pachino 8. Immediatamente con la partita iva delle società di cui Sofia era socia al novantanove per cento, con una sola

quota percentuale intestata a un dottore commercialista romano presso cui era la sede, tornò dal suo amico geometra del catasto.
“Amico mio, se cercavi il tesoro l’hai trovato”.
La società risultava titolare di sette appartamenti al centro di Roma, di una tenuta agricola in Puglia e di un’altra tenuta nel Salento.
Pichler andò a verificare immediatamente su Google Earth di cosa si trattasse, e vide che le due proprietà agricole erano legate ad altrettante attività produttive e gli appartamenti situati in bei palazzi nel centro della capitale.
Corse dal Ranzi.
“Abbiamo fatto bingo, capo”.

Capitolo 48

Matteo Ranzi aveva capito tutto: Luca Caso era il complice di Alberto Montini nelle truffe da lui perpetrate.

Il meccanismo del rapporto tra i due era abbastanza semplice. Alberto ideava la truffa e la inseriva sul web, Luca Caso mandava dei propri scagnozzi a ritirare i denari dai conti, garantendo loro impunità. Non gli era difficile operare in tal senso perché da poliziotto perfetto conduceva le indagini come meglio riteneva, facendo risultare le cose come più gli era conveniente.

I proventi di queste attività delittuose erano ingenti, e Luca Caso li investiva tramite la figlia in proprietà immobiliari. Conduceva una vita disciplinata, senza eccessi, da poliziotto per bene, senza dare minimamente nell'occhio. Era verosimile pensare che i proventi dell'attività se li sarebbe goduti dopo, una volta raggiunta la pensione.

Il problema, ora, era riuscire ad incastrarlo.

Difatti, non era detto in alcun modo che il fatto che fosse complice di Alberto Montini ne facesse in automatico un assassino, ma già eliminare dalla piazza un poliziotto corrotto costituiva un ottimo obiettivo.

Sorrise tra sé e sé a questi pensieri, poiché per la prima volta nel buio di questa indagine scorgeva un pal-

lido lume da seguire.
Ora però occorreva un piano per cercare di stanare il poliziotto corrotto, e con un po' di fortuna l'assassino di Alberto Montini, e non importava se vi fosse o meno corrispondenza tra i due malfattori.
Ranzi chiamò Pichler, e gli chiese di organizzare una riunione con l'avvocato Stili e Geremia Noè per decidere il dà farsi.

Capitolo 49

Come si risolve un problema?
Era questo il tema portante nella testa dell'avvocato Andrea Stili il giorno in cui era fissato l'incontro per decidere che cosa fare del caso Montini.
Non era un "caso" qualunque, poiché per la prima volta Andrea si trovava a risolvere una questione non a livello professionale, ma personale. Il suo rapporto con Giada diventava sempre più profondo e con esso il desiderio di darle soddisfazione su un tema così importante come la morte del padre.
E non si trattava di un padre qualunque.
I rapporti di sangue spesso contano poco. Conta l'affinità, l'empatia, la complicità che si crea nel rapporto, elementi che vanno oltre, molto oltre al rapporto di sangue tra due persone.
Spesso madre e figlio, fratello e sorella stanno assieme in base al presupposto di provenire dalla stessa genie, ma la molteplicità delle intersezioni tra padre e madre è tale che da uno stesso nucleo possano nascere persone diverse. Mantenere un rapporto solo in ragione del fatto di avere in comune i genitori diventa, allora, un'agonia.
In realtà, nel corso della vita di fratelli e sorelle lungo la strada se ne trovano parecchi: occorre saperli riconoscere.

Giada aveva trovato un padre, più di un padre, in Alberto. L'aveva riconosciuto subito al primissimo incontro, al primo sguardo, nel pieno rispetto della regola che per innamorarsi bastano sette secondi. Tra loro era scattato subito un rapporto empatico profondo: le loro anime, non i loro corpi, si erano riconosciute.

Era come se un passato infausto a loro ignoto li avesse divisi, ed ora si erano ritrovati. Tutto quello che Giada aveva, ma ancor più tutto quello che Giada era, gli era stato tramandato da quell'uomo così unico, così particolare in ogni suo aspetto, così capace di trasferire amore selettivamente a colei che aveva scelto come figlia e che lo aveva scelto come padre.

Il peso di questo rapporto era visibile negli occhi di Giada ed Andrea lo percepiva tutto.

Dunque come risolvere il problema?

Conosceva due vie: la prima era quella a tutti nota. Quella dei processi causali, quella che si usa nel lavoro, nel quotidiano, dove ad un'azione corrisponde una reazione.

La seconda era una strada profonda che gli diceva che i problemi non si risolvono mai pensandoci. Anzi, il pensiero complica il problema. Gli antichi Greci non si sarebbero mai sognati di risolvere un problema pensandoci. Lo affidavano all'oblio, al mondo dello sconosciuto, all'infinitamente grande che sta dentro ogni uomo. Avevano addirittura un dio dell'oblio,

Ermes, cui affidare i loro problemi. Peraltro anche la saggezza popolare porta a risolvere così i problemi. Gli anziani quando ne hanno uno si limitano a dire "ci dormo su".

Bene, pensava Andrea, tutta questa storia non era altro che un intreccio di problemi risolti a volte col pensiero e a volte con l'istinto, con l'io profondo.

"Tutto è stato originato da un'incosciente e cieca voce profonda che mi ha portato a trovare il cadavere, a guardarlo, a sentirlo... per quanto sia strano quest'ultimo termine, rivolto ad un corpo inanime", pensava.

Dunque all'inizio è stata un'inconsapevole spinta a portarlo a Giada ed a suo padre, poi una serie di logici processi causali, non a caso rinvenuti principalmente da Geremia Noè, ben più allenato di lui a cogliere le sequenze causa-effetto delle umane vicende.

Al punto in cui erano, che fare?

Si diede la soluzione.

Così com'era accaduto sino ad allora, non era necessario decidere come risolvere la questione. Ciascuno avrebbe messo del suo. I poliziotti e gli investigatori il loro metodo e la loro logica, lui il suo istinto che, non a caso, l'aveva portato sin lì.

Ma l'istinto, l'io profondo di ciascuno di noi è, all'apparenza, un niente fatto di buio silente, e fa sempre un po' paura affidarvisi.

Capitolo 50

L'appuntamento venne fissato su richiesta esplicita di Matteo Ranzi a casa di Giada Montini.
Andrea Stili e Geremia Noè non conoscevano la ragione per cui il poliziotto aveva chiesto loro di vedersi in quel luogo, ma non ci fecero quasi caso. Il loro pensiero andò al fatto che l'abitazione si trovava più vicina a Milano dello studio di Andrea, non pensarono ad altro.
La solerte mente del Ranzi, invece, era già oltre.
Si avvicinarono alla casa di Giada percorrendo assieme la solita strada, parlando d'altro lungo il tragitto.
Giunti in prossimità del cancello, Andrea prese con naturalezza il telecomando e aprì. Geremia gli rivolse uno sguardo stupefatto.
Arrivati nella sala in cui di solito si trovavano a parlare con Giada, vi trovarono già presenti Matteo Ranzi e il fedele "Picaro".
"Vi siete già presentati?" chiese Andrea.
"Abbiamo già passato la fase dei convenevoli," rispose il Ranzi, "per cui direi di arrivare a bomba al problema, che non abbiamo tempo da perdere. La signora Giada è al corrente della vita del padre? Posso parlare liberamente?" aggiunse Ranzi, quasi scusandosi di quanto stava per dire.
"Assolutamente sì", intervenne Andrea, scambiando

uno sguardo più che complice con Giada.
"Dunque, facciamo il punto della situazione su quello che tutti già sappiamo. Abbiamo una persona uccisa, Alberto Montini. Sappiamo della sua attività criminale in vita e, quel che più conta, abbiamo scoperto tramite indizi che lui stesso ci ha lasciato il suo complice: Luca Caso, all'apparenza poliziotto integerrimo.
Ora, che il poliziotto in questione sia stato complice delle truffe mi pare evidente da una serie di elementi abbastanza importanti, non sappiamo tuttavia se oltre ad essere parte delle truffe e a garantire l'impunità al Montini ed a sé stesso, questo tizio possa anche essere stato l'assassino di Alberto Montini.
Ragionando astrattamente potremmo anche pensare che tra i due vi sia stato un disguido a seguito del quale il Caso si è sentito esposto, minacciato. Insomma, che avesse paura di essere scoperto e per evitare ciò abbia eliminato l'unica persona che poteva per certo metterlo sulla graticola".
"Cosa proponi?" chiese Geremia.
"Credo che vi sia un solo modo per stanarlo".
"Dicci, quale?" intervenne Andrea.
Matteo esitò a parlare e rivolse lo sguardo in basso. Non era, questo, un atteggiamento usuale per lui, e chi gli era di fronte e lo conosceva notò l'imbarazzo.
"Diglielo", si inserì Giada in termini perentori.
"Allora, la mia idea sarebbe di far contattare Luca

Caso da Giada".
"Non se ne parla neanche", interruppe subito Andrea alzando la voce.
"Aspetta. Lo voglio fare. Glielo devo, capisci?" s'inserì Giada.
"Ovviamente faremo tutto col massimo della cautela e delle garanzie. Facciamo in questo modo," proseguì Matteo, "vi dico che cosa ho in mente e poi possiamo decidere se farlo o non farlo, in tranquillità, ben sapendo però che io, allo stato non ho alcuna alternativa plausibile".
"Vai avanti", disse Geremia davanti ad uno scocciato Andrea Stili.
"Pensavo che Giada potrebbe contattare Luca Caso dicendogli che è a conoscenza di tutto il lavoro del padre e che vorrebbe continuare in questa attività. Giada dovrebbe spiegare che il padre l'ha messa a conoscenza di ogni più piccolo dettaglio sulle modalità delle truffe, sulle conseguenze, sui pagamenti e, soprattutto, sul rapporto che suo padre e Luca Caso avevano intessuto nel tempo. Fatto ciò, possiamo ottenere due diverse risposte da questo tizio: se è avido di denaro, come si è dimostrato in passato, e non è l'assassino di Alberto Montini, vorrà continuare in questa attività. Se invece..."
"Certo, se invece l'assassino è lui si sentirà minacciato dalle parole di Giada e tenterà di uccidere anche lei. Non se ne parla", s'intromise Andrea.

"Andrea, per favore. Credo di poter avere parola su questo argomento" disse Giada, guardandolo negli occhi, "te l'ho detto, io glielo devo. Non posso fare altro e se non lo facessi non me lo potrei mai perdonare".

"Giada, qui non si tratta di un film, questa è realtà. Fare l'agente provocatore in una questione del genere è cosa delicata. Dovrebbero farlo dei professionisti, gente preparata a questo e ad ogni evenienza".

"Tu sottovaluti mio padre. Mio padre sapeva benissimo in che situazione mi sarei potuta trovare un giorno. Non mi ha insegnato solo l'inglese. Alberto sapeva che la sua vita aveva un costo, uno scotto da pagare, e si è sempre preoccupato di prepararmi. Andrea, io prendo lezioni di arti marziali da quando ho sei anni, sparo con qualunque arma da fuoco e ti smonto quella beretta calibro nove canna lunga," disse, indicando la pistola nel fodero di Felix Pichler, "in quindici secondi. Non sono una sprovveduta: so badare a me stessa.

Ma se anche così non fosse, lo farei senza pensarci nemmeno un secondo. Andrea, era mio padre, mi capisci? Mi ha preso in mezzo al nulla, mi ha voluto, cresciuto, accudito, istruito, amato, dato di che vivere dal primo secondo al suo ultimo respiro.

Va bene, Matteo: facciamolo", chiuse, girandosi verso il poliziotto con un'espressione che non dava adito a repliche.

"Se le succede qualcosa..." provò a dire Andrea.
"Annamo cun ste frasi fatte, Andreee", interruppe subito Ranzi.
L'uscita in romanesco scatenò in tutti una mezza risata, ma Ranzi aveva ben presente la questione.
Allungò una mano sulla spalla di Andrea, e guardandolo dritto negli occhi disse: "Andrà tutto bene, te lo prometto".

Capitolo 51

Erano le due di pomeriggio di un sabato più freddo del solito a casa di Giada Montini.
Nel suo salotto si poteva notare la presenza di una serie di marchingegni atti a intercettare telefonate e localizzare persone. Oltre a questo, un nugolo di umani stava attorno a Giada che, quasi incurante della situazione, pareva serena.
"Cominciamo", disse guardando Ranzi.
"Annamo", rispose lui.
Matteo si era assicurato che quel giorno Luca Caso non fosse in servizio. Prese il cellulare di Giada e compose il numero del "collega".
Il telefono squillò molte volte, ma senza risposta. S'aspettavano che, a quel numero, ricevendo una telefonata da una persona sconosciuta non avrebbe risposto.
Presero allora il cellulare di Alberto Montini e fecero il medesimo numero.
Due squilli, e dall'altra parte si udì: "Pronto".
"Buongiorno, Luca. Sai chi sono?"
"Assolutamente no".
"Diciamo che questo numero, a differenza di quello che ti è apparso qualche secondo fa, dovrebbe esserti ben noto".
"Signorina, sono un funzionario di polizia. Questo

telefono registra ogni cosa, quindi attacchi immediatamente altrimenti..."
"So tutto", interruppe Giada. "E quando dico tutto intendo tutto, e in questa quantità di cose che conosco di te e di mio padre sta anche il fatto che questo telefono, quello da cui rispondi, è sicuro. Quindi è bene che ascolti in silenzio".
"Richiamo io", disse la voce all'altro capo prima di attaccare.
"Sei stata molto brava. Non ci resta che attendere", disse Matteo Ranzi.
Passarono solo pochi minuti, ed una telefonata arrivò al cellulare di Alberto Montini.
"Ora posso parlare", disse Luca Caso.
"La chiamo perché ho una proposta da farle..."
"Diamoci del tu".
"Certo. Non volevo né spaventarti né minacciarti prima. Come ti ho detto, mio padre mi ha parlato dei vostri rapporti, di tutti i vostri rapporti. Oltre a questo mi ha insegnato tutto del suo lavoro. Ecco, mi domandavo, ora che lui non c'è più, se fosse possibile una collaborazione tra noi. Le condizioni sarebbero le medesime che avevi con mio padre".
"Se ne può parlare: troviamoci domani alle 14 al solito posto. Se sai tutto non occorre che ti specifichi altro".
Attaccò.
La chiusura era qualche cosa che non avevano previ-

sto e che certamente non si aspettavano. Luca Caso era evidentemente un osso duro e con due parole aveva messo alla prova quello che Giada gli aveva detto.

"Abbiamo un bel problema", disse Andrea.

"Mo' so cazzi", ribadì Ranzi.

"Dove sarà sto solito posto?" chiosò il discorso Geremia Noè.

"Mio padre era una persona molto abitudinaria. La domenica pomeriggio era abituato proprio alle due ad andare a fare un giro sul lago con la sua barca. Diceva che lo distendeva, questa attività. Ora io ho proposto a Luca Caso di collaborare alle medesime condizioni e lui mi ha risposto di trovarci al solito posto la domenica alle 14: quel posto è il piccolo molo dove papà ha attraccato la barca, giù al pontile nello stretto di Lavena Ponte Tresa".

"Abbiamo un solo modo per scoprire se la tua teoria è corretta, e non abbiamo alternative", disse Geremia, guardando dritto in viso Andrea.

"Non se ne parla. Questo è un potenziale assassino, non lascerò Giada da sola con lui su un'imbarcazione in mezzo al lago. E non venitemi a dire che sarà controllata la situazione perché io sto tizio l'ho già odorato: non si tratta di uno sprovveduto, avrà mille occhi, qualsiasi imbarcazione sarà notata anche a distanza. Ma poi dimmi, se sali sulla barca e ti dice di andare nella solita caletta a parlare oppure di offrirgli

il solito calice di vino? Tu che fai?"
"Cercherò di improvvisare, Andrea, e di non dargli molto spazio. So che è rischioso, o che può esserlo, ma come ti ho detto tante volte io lo devo a mio padre".
"A questo punto spero solo che domani non ci sia nessuno su quel molo", replicò l'avvocato Stili, stizzito.
Intervenne Pichler. "Scusate, ho una mezza idea per controllare meglio la situazione. A parte i soliti microfoni e telecamere sull'imbarcazione, il lago di Lugano è abbastanza pescoso e non sarebbe una cosa strana se la domenica ci fosse una barca di piccole dimensioni, con qualcuno sopra intento alla pesca. Per cui un paio di imbarcazioni con dei finti pescatori non darebbero troppo nell'occhio. Che ne pensate?"
"Mi pare un'ottima idea", rispose Geremia.
"Abbiamo poco tempo. Se siamo tutti d'accordo partiamo e ci organizziamo", disse Ranzi.
Tutti, escluso Andrea, annuirono.
I poliziotti, Geremia e Andrea si recarono all'imbarcazione. Dovettero lasciare l'auto poco fuori dallo stretto e proseguirono a piedi. Mentre camminavano, Pichler costruiva su un foglio a quadretti una piantina dei luoghi, e con una matita tirava righe, cancellava e ritirava di modo da essere preciso sulla logistica dell'incontro.
All'anfratto di lago si giungeva dopo aver costeggiato un canneto. Spostando lo sguardo a destra s'intrave-

deva la parte di lago che dava verso Porto Ceresio, mentre volgendosi dal lato opposto si scorgevano le prime case di Ponte Tresa. Al di là della stretta porzione, le case dicevano già che era Svizzera con le loro bandiere rossocrociate ben ancorate in ogni giardino. Dietro di esse, si vedevano vari bar e ristoranti, verosimilmente pieni nelle serate estive.
Il luogo era piacevole, la calma del lago contrastava con lo stato d'animo di tutti, ma soprattutto con quella di Andrea, che alle vellutate onde lacustri contrapponeva un animo in piena tempesta.
Pochi passi e furono all'imbarcazione di Giada Montini. Si trattava di un natante con scafo in vetroresina rivestito in "gelcoat" beige, con madieri ed ordinate paratie stagne anticollisione di prua e poppa.
"Bella barca!" disse Geremia.
"A quanto ne so, era l'unico vero hobby di Alberto, questa barca", rispose Andrea.
"Fate voi?" chiese Ranzi.
Senza rispondere, Geremia e Pichler salirono sull'imbarcazione. Il poliziotto aprì una valigetta ed estrasse un certo numero di piccole telecamere. Geremia iniziò a posarle nei posti più impensati.
"Dobbiamo stare attenti", disse. "Luca Caso fa il poliziotto, sa bene dove piazzate di solito questi aggeggi, per cui dobbiamo metterle in posti inusuali. Quattro saranno sufficienti".

Pichler annuì ed ogni qualvolta posizionava la piccola microcamera chiedeva consenso con lo sguardo a Geremia.
Dopo circa mezz'ora i due scesero dall'imbarcazione: ad attenderli c'erano Ranzi, con l'immancabile sigaretta accesa, e Andrea.
Pichler accese il cellulare e fece vedere che cosa le telecamere inquadravano dentro e fuori dall'imbarcazione.
"Bel lavoro", disse Ranzi.
"Posso collegarmi anche col mio telefono?" chiese Andrea.
"È un po' complicato," rispose Pichler, "però domani vengo con l'iPad che ha lo schermo più grande e possiamo vedere meglio".
Il gruppo si allontanò dall'imbarcazione e dallo stretto, e alle macchine si salutò.
"Sono preoccupato", disse Andrea a Geremia.
"Andrà tutto bene", lo confortò l'amico.

Capitolo 52

La domenica arrivò anche troppo in fretta per Andrea, che, sveglio da tempo, osservava il paesaggio dalla porta finestra della casa di Giada.
Le colline parevano maestose, ergendosi impervie dalla base del lago, l'aria sottile mentiva odore di montagna. Un leggero rumore proveniente da un ruscello s'avvertiva dalla valle, regalando una sensazione di libertà che si contrapponeva, vivida, alla preoccupazione di Andrea.
Un vento leggero e fresco alzava la coltre nebbiosa verso l'alto. Gli alberi, alti e spogli, consolidavano la sensazione di "bianco e nero" che promanava dal resto del paesaggio. In alto il cielo era grigio e stormi di uccelli ne interrompevano l'uniformità.
Il tutto era così così conforme alla situazione che Andrea stava vivendo dentro sé, che sembrava che la sua anima si fosse riversata in quel paesaggio.
Giada arrivò da dietro e lo abbracciò, con un sorriso in pieno contrasto con la situazione.
"Sei tranquilla?"
"Mai stata così serena! Ora faccio colazione", rispose lei.
Verso le dieci del mattino arrivarono tutti gli altri. Giada fece loro un caffè e, seduti attorno a un tavolo con lo schema di Pichler in mano, iniziarono a pianificare gli ultimi particolari.

Pichler accese l'iPad, verificando con soddisfazione che le telecamere che avevano posto sulla barca il giorno prima funzionavano regolarmente.
Ranzi, con lo schema del luogo in mano, spiegò a tutti dove si sarebbero messi i suoi uomini.
"Andrea, Geremia e Picaro andranno sulla barca con la canna da pesca. Giada, devi cercare di uscire con la barca e fermarti qui, in questa posizione", disse, segnando con un circolo rosso un punto in mezzo al lago su una cartina. "Luca Caso è sospettoso: penso che vorrà individuare lui il posto in cui dovrete andare e fermarci. Per nostra fortuna, il lago di Lugano non è così grande e in un modo o nell'altro riusciremo a esserti vicini".
"Non preoccupatevi per me, so badare a me stessa", disse Giada.
"Non è un gioco. Ricordati che non è un gioco", s'inserì Andrea.
"È ora di pranzo: faccio un bel piatto di pasta per tutti che oggi avremo bisogno di energia".
Dopo pranzo si avviarono silenti al punto di incontro.
Al parcheggio Giada abbracciò Andrea e si diresse al piccolo molo dove era ormeggiata la barca. Si fermò con le braccia conserte sopra il cappotto di piumino che indossava, guardandosi in giro per scorgere la presenza di Luca Caso. I poliziotti le avevano mostrato più di una foto dell'uomo, ma doveva ovviamente

fingere di non conoscerne le fattezze per non insospettirlo.
In giro non c'era anima viva.
All'ora stabilita nessuno ancora si faceva presente.
Attese ancora qualche minuto, iniziando a sospettare che Luca Caso non si sarebbe fatto vedere, ma prima che i suoi dubbi divenissero certezza, intravide la sagoma di un uomo che s'avvicinava a lei. Indossava un cappotto blu scuro, il bavero alzato ed un vistoso cappello in capo. L'altezza era quella giusta e, anche se la distanza e la leggera nebbia non le consentivano conferma, era praticamente certa fosse Luca Caso.
L'uomo si avvicinò, si guardò attorno e allungò la mano.
"Piacere, Luca Caso".
"Piacere mio, Giada Montini. Saliamo per il solito giro?"
"No, facciamo due passi. Semmai ci andiamo dopo".
L'uomo era sospettoso, lo si coglieva chiaramente da come si guardava attorno. Giada capì che doveva carpirne la fiducia prima di farlo salire sulla sua barca.
Iniziarono a camminare verso Ponte Tresa lungo la via pedonale che costeggia il lago.
"Dunque sentiamo, che hai da dirmi?" chiese il poliziotto.
Dal lago, a bordo di una imbarcazione, Geremia, Andrea e Pichler seguivano la coppia con lo sguardo.
"Siamo dei cretini," disse Andrea, "dovevamo preve-

dere che non sarebbe salito in barca".
"Può essere," rispose Pichler, "ma finché sono sul lungolago, visibili a chiunque, Giada non corre alcun rischio".
"Allora sig. Caso," prese a dire Giada, "come ti ho detto al telefono, mio padre mi ha fatto partecipe della sua parte virtuosa, ma anche del suo lato oscuro, e per entrambi si è soffermato sui particolari. Conosco, pertanto, ogni passaggio che vi portava a fare soldi in sicurezza".
"Ciò detto, presupponendo ma non ammettendo che quello che tu sostieni sia vero, quale sarebbe il motivo del contatto con me?"
"Vorrei continuare il lavoro di mio padre, e ti chiedevo se eri disponibile a collaborare con me".
"Credo che sia meglio se continuiamo questo discorso sulla barca", disse Caso guardandosi attorno.
Invertirono la rotta, tornando verso il molo.

Capitolo 53

"Che diavolo stanno facendo? Questa cosa è troppo pericolosa, dobbiamo interromperla immediatamente", disse Andrea, alzandosi di scatto sulla piccola pilotina che si mise a ondeggiare pericolosamente.
"Stai calmo, sta andando tutto bene", lo rassicurò Geremia. "Guarda che Giada sa badare assai bene a sé stessa, non so se te ne sei accorto".
Andrea si risedette, continuando a seguire i due con lo sguardo.
Non era abituato ad essere coinvolto nelle vicende che seguiva. Aveva sempre avuto un sano distacco che gli consentiva di azionare il cervello a freddo e di farlo funzionare adeguatamente. Ora, però, in ballo non c'era più solo la testa, ma anche il cuore, e questo lo destabilizzava tanto che veniva travolto da ogni impulso emotivo, che lanciava sempre lo stesso monito: "pericolo di perdere il soggetto amato".
Geremia aveva colto questo aspetto, fino ad allora anche per lui sconosciuto, di Andrea e cercava di sostenerlo, come ogni amico dovrebbe fare, nel momento del bisogno.

Capitolo 54

Giada Montini e Luca Caso salirono sull'imbarcazione. Lui sganciò le corde di ormeggio con una familiarità che diede certezza a Giada del fatto che non fosse la prima volta che saliva su quella barca.
Giada accese i motori e con cura fece una breve retromarcia; puntò la prua del natante là dove aveva concordato di fermarsi con Ranzi.
"Perché andiamo da quella parte?" chiese Caso.
"Il sole nasce a est: andando di là lo troveremo alto e prenderemo meno freddo".
Caso non ebbe nulla da obiettare.
Giunta dove convenuto, Giada gettò l'ancora e spense i motori.
"Bravissima, Giada", disse Geremia.
Pichler accese l'iPad, ricevendo un segnale sia visivo che uditivo forte e chiaro.
"Adesso che siamo in un posto tranquillo, vorrei sentire la tua proposta".
"Come ti dicevo mio padre mi ha insegnato come procedere per i programmi che erano alla base delle sue truffe, per cui vorrei continuare a operare".
"Tuo padre non lo vorrebbe. Lo sai, vero?"
"Posso immaginare, ma Alberto non c'è più ed è l'unica cosa che so fare".
"Una domanda: perché?"

"Come ti ho detto, è l'unica cosa che so fare".
"Balle", interruppe Luca Caso in modo molto secco. "Tuo padre ti ha lasciato da vivere. Anzi, direi che nemmeno se tu vivessi duecento anni potresti consumare quello che tuo padre ti ha lasciato e tu lo sai bene. E se è vero che ti diceva tutto, sapresti benissimo che lui stesso aveva chiuso con quel tipo di affari".
"Lasciamo perdere mio padre un attimo. Tu vuoi proseguire? Mi dai una mano?"
"Alberto Montini era un genio. Un genio nel bene e nel male. Quando faceva qualche cosa era la perfezione, tanto è vero che non è mai stato beccato. Certo, godeva del mio aiuto, ma non lavorerei con nessun altro. Peccato per quella insensata idea di smettere..." Tacque qualche secondo. "Quella assurda insensata idea di non fare più nulla", ripeté, con un astio che Giada non gli aveva ancora visto in viso.
"Tu non volevi?" chiese.
"È stato un egoista. Un totale e assurdo egoista. Quando il signorino si è sistemato economicamente ha deciso di smettere, di non rischiare più, e a me, a me che lavoravo con un misero venticinque per cento, a me non ha pensato".
"Avete litigato per questo?"
"Gli avevo chiesto solo un'ultima operazione, per fare in modo che anche io sistemassi tutte le mie cose, e poi avremmo chiuso. Chiuso, felici e contenti: senza pendenze, senza mai esser stati trovati. Ricchi e felici

per il resto dei nostri giorni, e con la possibilità di dare un futuro anche ai nostri figli. Invece no, lui aveva pensato a sé e alla fine mi aveva usato fin quando aveva voluto, finché gli avevo fatto comodo e poi... poi mi aveva scartato come si fa con un paio di scarpe vecchie".

"Avete litigato?" riprese Giada.

"Non potevo accettare di esser trattato così. Io sul tavolo avevo messo la mia integrità, la mia carriera, la mia famiglia, e lui mi aveva mancato di rispetto".

"L'hai ucciso tu, vero?"

"Si è ucciso da solo. Mi ha lasciato senza che potessi definire la mia situazione. Come poteva pensare un uomo così intelligente che io potessi lasciare vivere chi mi aveva tradito, l'unico al mondo che conosceva il mio segreto? La sua scelta l'ha ucciso, non io".

Giada lo guardava impietrita. Allungò la mano verso un piccolo cassetto sotto il vano in cui era seduta e prese una pistola a tamburo.

Capitolo 55

"Cazzo, ha una pistola", esclamò Andrea, alzandosi ancora di scatto sul natante.

"Così ci farai ribaltare!" disse Pichler.

"Dobbiamo intervenire immediatamente, lo vuole ammazzare!" urlò Andrea al microfono.

Dall'altro capo c'era Ranzi, che percepì immediatamente la situazione e diede ordine a tutti i suoi uomini di intervenire a fronte dell'inaspettata situazione.

Capitolo 56

"Tu, mezzo uomo di merda! Tu hai ucciso mio padre, hai ucciso l'uomo che mi ha dato la vita più di ogni madre".

"Fermati, non fare follie", disse Luca Caso, allungando le mani verso Giada come a proteggersi.

"Tu non hai la più lontana e pallida idea di chi era Alberto Montini, perché sei un inetto, uno stupido verme che Alberto ha reso ricco. Ma a te non bastava, volevi di più, come se tutto derivasse da te, e l'hai freddato su questa barca buttandolo nel lago come fosse l'ultimo dei reietti.

Allora farai la stessa fine!

Voglio che i tuoi figli ti trovino nello stesso stato in cui io ho trovato il mio di padre. Voglio che loro non sappiano il perché questo è accaduto. Voglio che ti piangano fino alla disperazione come ho fatto io".

Partì un colpo.

Capitolo 57

Si udì un colpo di arma da fuoco.
Immediatamente, tutto il corpo di polizia presente si allertò e si mise a correre verso la barca, proprio come fanno le formiche verso il formicaio quando sentono imminente una tempesta.
Geremia accese il motore Yamaha f 25 fuoribordo, dando uno strattone alla corda così repentino da romperla dopo l'accensione.
Si sedette a poppa, imbracciò il timone e girando il polso di novanta gradi diede tutto il gas di cui il natante poteva fruire.
Ranzi butto l'iPad su cui stava seguendo la scena sul sedile dell'auto, senza aver capito che cosa fosse realmente accaduto. Si staccò gli auricolari, scese dall'auto e iniziò a correre, tastandosi il fianco con la mano destra per aver la certezza di aver con sé l'arma di ordinanza. Col braccio sinistro fece ampi cenni a tutti di accorrere verso il luogo che stavano controllando.
Aveva un brutto pensiero in testa, che più o meno suonava così: "Anvedi che sta stronza c'ha fregato a tutti e me l'ha ammazzato pè vero".
Ma non c'era tempo per pensare.
Andrea stava sul piccolo barchino, pallido, senza proferir parola, attaccato alle sponde per non esser scalzato via.

Furono i primi ad arrivare.
La velocità fu tale che la piccola barca cozzò contro quella di Giada. Geremia saltò immediatamente su di essa, seguito da Pichler. Andrea ci mise più tempo: frastornato dagli eventi, stentava a comprendere quanto stesse accadendo.
Appena scese sotto coperta, Geremia si lasciò andare sul divanetto.

Capitolo 58

Possibile che mi sono sbagliato?
È mai possibile che io abbia preso una cantonata tanto grande da non aver capito che siamo stati usati, io e i miei amici, per tutto questo tempo, per tutta questa indagine, da una donna che mi ha, che ci ha, sfruttati per poter trovare l'assassino del padre al solo scopo di vendicarsi?
Possibile che abbia confuso ciò che sentivo?
Non mi riferisco a ciò che io sentivo per lei, di questo ne son certo, ma ciò che lei provava per me, che credevo di aver colto ma che non era quel che pensavo?
Possibile che abbia carpito amore ed invece era illusione di un amore?
Possibile che sia stato usato a tal punto?
Che la mia mente ingannata dal cuore non abbia inteso l'illusione cui era sottoposta? Forse che il bisogno di amore che sentivo m'abbia reso cieco?
L'amore è un susseguirsi di stati d'animo concatenati tra loro come un filo di perle. Si passa dall'una all'altra percependone ogni particolarità, ed ognuna ha un proprio colore, che dipinge il mondo con tinte diverse, affascinanti quanto irreali.
Se così fosse, non me lo perdonerei.
Non mi darei assoluzione per non aver visto tanto dileggio, per non essermi accorto di tale astuzia e di tutta

la finzione che si cela dietro questo amore fasullo.
Questi erano i pensieri che affastellavano la mente di Andrea nel veloce spazio di tempo che lo separava da Giada.
Poteva essersi ingannato tanto?

Capitolo 59

Tirò un profondo respiro.
Ciò che doveva accadere era ormai accaduto. Ma nulla era irreparabile.
Davanti agli occhi di Geremia Noè stava Giada, ancora con la pistola fumante in mano. Di fronte a lei, Luca Caso, con le mani in alto, ma vivo e vegeto.
"Quale modo migliore per farvi accorrere di uno sparo", disse Giada.
"Mio Dio! Hai in mente la paura che ci hai messo addosso, ragazza mia?"
"La paura l'ho letta nei suoi occhi quando hanno visto i miei dopo che mi aveva confessato di aver ucciso mio padre. Ora è vostro, sapete come trattarlo".
A queste parole fece ingresso Ranzi, che senza neanche guardarsi intorno, con un'agilità che era ignota agli astanti prese la pistola dalla mano di Giada. Si girò e vedendo Luca Caso ancora in piedi trasse un grosso respiro di sollievo.
La partita sembrava chiusa: era arrivato il novantesimo minuto. Ma non avevano fatto i conti coi supplementari.
Con uno scatto felino Luca Caso spinse via Andrea, che si trovava alla bocca della cambusa, prese slancio e si tuffò nel lago.
Giada gridò un "noooo!" tanto acuto che fu udito

anche dalle altre imbarcazioni che pian piano stavano attorniando la loro.

Uscirono tutti con lo sguardo verso l'acqua. Dopo qualche secondo il cappotto di Luca Caso apparve galleggiando, di lui neppure l'ombra.

"Non può andar lontano", disse Ranzi. "Cerchiamolo a vista".

Le ricerche proseguirono per ore, ma Luca Caso non fu trovato.

Capitolo 60

Passarono due, poi tre, poi più giorni.

Andrea era rimasto a casa di Giada, che non pareva non darsi pace per aver preso l'assassino di suo padre e per esserselo lasciato scappare.

"Avrei dovuto puntare alla sua testa. L'avevo a pochi metri, non me lo dovevo lasciar scappare".

"Lo troveranno, vedrai. E pagherà per le sue colpe".

Passarono altri due, poi tre, poi più giorni.

La vita doveva tornare alla normalità, e Andrea faceva da spola tra Verbania e Cadegliano per passare più tempo possibile con Giada. A volte lei lo accompagnava al lavoro e se ne stava con lui, aiutandolo per quel che poteva.

Capitolo 61

Domenica mattina.
Andrea si preparava ad andare da Giada. Non aveva dormito da lei, perché aveva partecipato ad una barbosissima cena di lavoro la sera prima a Verbania.
Si vestì sportivo, non che sapesse mettersi elegante.
Salì sulla Mini, pensando che era ora di cambiar macchina tanto l'aveva consumata.
"Comprerò un'altra Mini. Mi ci sono trovato bene..." pensò.
Salì sul traghetto.
Il lago emanava una coltre bianca, che diceva che la primavera era ancora lontana. Era placido, fermo, pareva morto, in barba alla vita che vi stava sotto e sopra.
La luce rendeva chiari e ben distinti i profili delle montagne e delle case a Laveno Mombello. L'aria ancora gelida riempiva i polmoni.
Andrea scese sul pontile ad osservare il panorama, sfregandosi le mani ed alitandovi dentro.
Giunto all'altra riva venne pervaso da un pensiero: aveva sempre pensavo che la "sua" riva fosse l'altra, sentendosi sempre un po' straniero quando scendeva sul lato lombardo del lago. Da quando c'era Giada, però, questa sensazione era svanita, e per lui "casa" era indifferentemente l'una sponda o l'altra.

L'affidabile Mini rossa percorreva la sponda del lago maggiore prima, del Tresa dopo e del lago Ceresio alla fine, lungo un percorso che ormai conosceva bene, che quasi si poteva evitare di guidare.
Giunto a Ponte Tresa guardò l'ora: era presto, prima del solito e gli spiaceva svegliare Giada col suo arrivo. Decise di proseguire sino a Porto Ceresio dove, in centro, avrebbe comprato le brioches fresche alla pasticceria "Ofelè". Giada ne era ghiotta.
Passò Brusimpiano.
Subito dopo la curva che l'avrebbe portato a Porto Ceresio, poco prima del punto in cui aveva visto il corpo di Alberto Montini, un nugolo di auto dei carabinieri, l'ambulanza e i vigili del fuoco presidiavano la riva.
Si fermò, senza neppure sapere il perché. Scese dall'auto e si avvicinò alla riva.
Riverso a pancia sotto con la testa innaturalmente rovesciata stava il corpo di Luca Caso.
Istintivamente si avvicinò, finché fu fermato da un carabiniere.
"È annegato?" chiese, pensando di conoscere già la risposta.
"No, è stato accoltellato e poi gettato nel lago" fu la risposta.
Trasalì.
Come, accoltellato?
Subito pensò a quando Giada sulla barca aveva detto

che Caso avrebbe meritato la stessa fine di suo padre, che le sue figlie avrebbero dovuto vederlo nelle stesse condizioni in cui lei aveva visto Alberto.
Pensò allo sguardo freddo, per lui oscuro, di Giada, quando l'aveva vista sulla barca con la pistola in mano, e nuovi fantasmi, stretti parenti dei vecchi, iniziarono a volteggiare nella sua mente.
Chiamò Geremia per raccontargli l'accaduto.
"Veramente?" fu l'unica parola che l'amico riuscì a dire.
Ora era alle prese con un caso davvero complicato.
"Chi è Giada Montini?", si domandava.
Poteva esser stata lei?
Non se la sentì di andare da lei. Chiamò, e con una scusa rinviò l'appuntamento.

Capitolo 62

Può esistere un amore nel dubbio?
Può resistere un amore al dubbio?
Sperava nella normalità Andrea Stili, e la sua relazione con Giada Montini voleva essere normale. Una vita benestante, non sfarzosa, fatta di condivisioni, di affetto, pulita.
No, non poteva esistere un amore nel dubbio.
Si fece coraggio e andò da Giada.
Più volte avevano parlato del ritrovamento del corpo accoltellato di Luca Caso e lei aveva sempre detto frasi fatte, quelle che ci si aspetta dalla figlia di un uomo assassinato, del tipo "se lo meritava" e cose del genere.
Andrea voleva la verità.
"Sei stata tu?" le chiese, guardandola dritta negli occhi.
"La mia risposta non aggiungerebbe né toglierebbe nulla al nostro rapporto, che è già finito con la tua domanda".
Andrea se ne andò.
Non si videro mai più.

Capitolo 63

Aveva capito che un amore non resiste al dubbio, e aveva fatto bene ad andarsene.
Mai come ora gli era cara la frase di Osho: “Vivi momento per momento, muori al passato, non proiettare alcun futuro... godi il silenzio, la gioia, la bellezza di questa ora”.
Il passato era un tempo finito, ma questa volta aveva lasciato una cicatrice profonda.
C’era modo di guarirne?
Solo il tempo gli avrebbe fornito risposta.
Sapeva che si perde l’amicizia che non era amicizia, l’amore che non era amore, si perde ciò che è superfluo. Solo l’essenziale rimane.
Ma l’illusione di ciò che si credeva essere e non era è la cosa più dolorosa che esista.

INDICE

Fabrizio Bini

MATEMATICA DI UN DELITTO
tra Sicilia e Lago Maggiore

-I GIALLI-

MACCHIONE

Fabrizio Bini

La stele dell'Isola dei Pescatori

I GIALLI

Macchione

Finito di stampare nel mese di marzo 2023